SOUS L'EMPRISE DES SECRETS

© 2025 RIMIQUEN

Édition : BoD · Books on Demand, 31 avenue Saint-Rémy, 57600

Forbach, bod@bod.fr
Impression : Libri Plureos GmbH, Friedensallee 273, 22763 Hamburg (Allemagne)

ISBN : 978-2-3224-9736-2

Dépôt légal : Mars 2025

Livre écrit par un être humain

SOUS L'EMPRISE DES SECRETS

CHAPITRE 1

Le vent effleurait doucement les feuilles, faisant frissonner la ramure des arbres autour de lui, comme une caresse furtive, un murmure dans l'air qui semblait chuchoter des secrets oubliés. Il prit une grande inspiration en levant la tête vers leurs cimes, appréciant ce moment de sérénité.

Assis sur un banc de pierre adossé à la maison, il laissa sa tête reposer contre ce vieux mur chauffé par le soleil. Malgré l'heure matinale, la journée s'annonçait caniculaire.

Sa tasse de café fumante posée près de lui, et son chien Sherlock couché à ses pieds, il savoura la perfection de ce moment si paisible. Il en ferma les yeux de plaisir, comme pour en prolonger l'effet.

Un bruit, lui fit tourner la tête vers le sentier qui menait à sa maison. Sherlock se redressa brusquement, en grondant sourdement. D'un geste, il le fit taire, et docilement son petit compagnon se recoucha, sans quitter des yeux le sentier.

Qui, pouvait bien oser venir troubler sa tranquillité ? Depuis son retour dans son village, il se tenait loin de la foule, vivant comme un ermite. Il plissa les yeux, pour mieux observer la silhouette qui se profilait à l'horizon, émergeant doucement de l'ombre des arbres.

Il sentit sa gorge s'assécher brusquement. Il en ouvrit la bouche de surprise. Une vague de frissons le traversa, malgré la chaleur intense. Ses battements s'accélérèrent, furieux, désordonnés. La stupéfaction s'empara de tout son être, tandis que des souvenirs affluaient dans son esprit, le faisant sourire malgré lui. Une silhouette surgit devant lui, comme une apparition tout droit venue de son passé. Son cœur se serra. Était-ce un rêve ou la réalité ?

Il resta figé un long moment avant de se ressaisir.

- Tiens donc, ne serait-ce pas notre chère Gaby ? Dit-il d'une voix émue, en la regardant approcher. Il fit mine de vouloir se lever, mais prestement, elle repoussa sa tasse de café, et se laissa lourdement tomber à ses côtés.

Elle respirait difficilement, mettant sa main sur sa poitrine. Son visage, rougi, en disait long sur les efforts qu'elle avait dû fournir. Il continua de l'observer avec surprise.

Gabrielle LAJOIE ! D'aussi loin que remontent ses souvenirs, Gaby en faisait partie. Ils avaient grandi ensemble, partageant toutes leurs aventures. Gaby, sa meilleure amie, qui aurait pu devenir plus, si… Il secoua la tête comme pour en chasser une vision pleine de nostalgie.

Sherlock s'était redressé, son regard perçant se fixant sur la nouvelle venue, il la renifla méthodiquement. Gaby se raidit brusquement, ses yeux, scrutant cette grosse tête qui l'examinait avec une attention presque trop appuyée, un mélange de curiosité et d'implacable jugement.

- Il a l'air affamé ton chien.

- Il a un grand appétit. Mais, ne t'inquiète pas, une petite chose maigrichonne comme toi, ne le contenterait pas assez.

Surprise par cette réflexion, Gaby les yeux rieurs, lui donna un léger coup de coude.

- Je peux le caresser tu crois ?

- Sherlock, je te présente Gaby, la reine des enquiquineuses. Qui a un goût déplorable en matière de couleurs, conclut-il en regardant son tee-shirt vert pomme, associé à un léger pantalon orange fluo. Il y a des choses qui ne changent pas…hélas !

- Eh ! Je suis là, au cas où tu ne l'aurais pas remarqué. Toujours aussi aimable, Martin COMES, à ce que je vois.

Elle se tourna vers lui, et spontanément le prit dans ses bras, pour un câlin qui le laissa sans voix.

- Tu m'as tellement manqué. Je devrais te détester après toutes ces années sans la moindre nouvelle, mais je n'y arrive pas. Pourquoi t'isoler comme ça ? Tu n'es qu'un vieil idiot ! En plus, tu parles à ton chien, ce n'est pas bon signe, si tu veux mon avis, conclut-elle avec un petit sourire en coin, qui fit apparaître une jolie fossette.

Gaby avait toujours été spontanée, pleine de vie, tandis que lui était plutôt du genre taciturne, introverti, ils se complétaient si bien. Gaby était minuscule par rapport à son mètre quatre-vingt-dix. Elle devait mesurer environ un mètre cinquante-cinq. Il sourit en se rappelant à quel point elle tenait à ses cinq centimètres.

En fait, elle n'avait guère changé, et surtout elle n'avait pas grandi. Ses longs cheveux bruns et bouclés étaient ramenés en une queue de cheval haute, comme lorsqu'elle était enfant. Des taches de rousseur parsemaient son visage rieur, et de grands yeux marron empreints de douceur le fixaient avec attention.

Il s'humecta les lèvres. Gaby sa meilleure amie, son amour d'enfance, était là à ses côtés. Il se sentit minable tout à coup. Il aurait dû se manifester depuis un mois qu'il était revenu, mais… parfois, le premier pas est le plus difficile, surtout après tant d'années. Alors, lâchement, il le remettait sans cesse au lendemain. Il craignait de lire de la compassion dans leurs regards. Il ne se sentait pas assez fort pour les affronter. Oui, en réalité, il se terrait, tel un animal blessé cherchant à panser ses plaies.

- Donc c'est là que tu te caches ? Demanda-t-elle en se redressant lentement et en regardant autour d'elle.

- Je ne me cache pas, répondit-il, vexé d'être ainsi percé à jour.

Elle fit une petite grimace qui le fit sourire. Il ne pouvait rien cacher à Gaby, cela avait toujours été ainsi. Elle lisait en lui comme dans un livre ouvert. C'est d'ailleurs pour cela qu'il… Il secoua de nouveau la tête pour en chasser une pensée importune.

Gaby le dévorait des yeux. Elle était submergée par l'émotion. Elle avait quitté un adolescent et se retrouvait treize ans après, face à un homme, un adulte… presque un étranger, elle en frissonna à cette idée. Elle avait ressenti un moment de gêne, car il était à la fois si différent et si semblable. C'était bien lui, dans ses mimiques, ses attitudes, sa façon de parler avec ce timbre grave et lent. Comme si chaque mot était pesé avant d'être prononcé, et surtout elle le retrouvait dans ses regards qu'il posait sur elle, chargés de souvenirs et de complicité. Elle poussa un long soupir.

Au village, on avait appris son retour, et elle avait espéré le croiser, par hasard. Comme un miracle inattendu. Mais, pour une raison inconnue, il se tenait à l'écart de tout le monde, faisant probablement ses courses dans la ville voisine.

- C'est par Radio Village, que tu as appris mon retour ? Demanda-t-il en posant sur elle son incroyable regard vert clair, qui la fascinait toujours autant.

Elle resta silencieuse un long moment, l'observant avec attention. Il semblait exténué : de grands cernes assombrissaient ses yeux, et ses cheveux bruns, coupés très courts lui donnaient un air sévère. Mais, ce qui la toucha en plein cœur, ce fut surtout son apparence fragile, presque frêle. Elle passa sa langue sur ses lèvres pour les humecter.

- Quelqu'un t'a vu au cimetière. Tu sais Martin, nous sommes tous…

Elle s'interrompit brusquement, en croisant son regard empreint de tristesse. Il semblait si accablé.

Il déglutit avec difficulté, submergé par une peine encore trop vive. Comme un torrent déchaîné, elle l'envahissait. Il ne voulait pas pleurer, surtout pas devant elle.

Il baissa la tête tristement, il devait garder le contrôle de ses émotions. C'était ce qui l'aidait à survivre : ne surtout pas se laisser envahir par les sentiments, sous peine de perdre pied à nouveau.

Il soupira longuement. Pourquoi était-elle venue ? Pourquoi sa présence ravivait-elle en lui tant de souvenirs ? Pourquoi n'avait-elle pas respecté son choix de vivre isolé ?

Parce que c'était Gaby. Sa Gaby. Si solaire, si imprévisible, toujours prête à suivre son instinct. C'est ce qu'il avait toujours aimé chez elle : sa spontanéité, son naturel, sa bienveillance. Et ce regard doux qu'elle posait sur le monde.

-Tu veux en parler Martin ? Demanda-t-elle en posant délicatement sa main sur sa cuisse. Ce geste intime la troubla, en avait-elle encore le droit ? Tant d'eau avait coulé sous les ponts.

Il se contenta de secouer la tête. Non ! Il ne voulait pas réveiller les démons qui sommeillaient en lui. Son seul souhait était de retrouver la sérénité que son arrivée inattendue avait brisée.

D'un autre côté, il n'en croyait pas ses yeux. Sa Gaby était là, tout près de lui, comme si rien n'avait changé.

- Marc aussi s'inquiète pour toi. Tu sais, à quel point il t'aime. Tout le monde se soucie de toi. On a à peine eu le temps de t'apercevoir à l'enterrement de ton père, que tu repartais déjà, sans qu'on ait pu échanger le moindre mot.

- J'avais eu une permission exceptionnelle, répondit-il tristement avec un profond sentiment de honte ancré en lui.

Ce jour-là, il avait dû faire un effort surhumain, et la souffrance avait été terrible. Mais, il tenait à être présent. Rien n'aurait pu l'empêcher d'accompagner son père pour son dernier voyage.

Il sentit une boule énorme obstruer sa gorge. C'était étrange, car depuis ce fameux drame, il ne ressentait plus rien, comme s'il s'était coupé de toute émotion. Son père d'ailleurs s'en était inquiété juste avant son décès.

Gaby se pencha, et caressa la grosse tête de Sherlock qui la fixait d'un regard si tendre, que Martin en éprouva une pointe de jalousie.

- Quelle est son histoire ? Tu n'as jamais eu de chien. Pourquoi avoir choisi un berger allemand, c'est surprenant non ?

- Sherlock est mon ami, mon seul ami... Aïe ! S'exclama-t-il en recevant un léger coup de coude dans les côtes.

- Eh ! Tu as des amis. C'est toi qui as voulu prendre tes distances, et on a respecté ton choix. Mais, si aujourd'hui j'ai bravé cette chaleur, c'est justement parce qu'on en a assez, que tu nous tiennes à l'écart. On est là Martin ! On t'... on... Bref ! Nous avons toujours été tes amis. Rien n'a changé. Le temps a passé. Mais, nous sommes toujours là. Tu n'es pas seul Martin, même avec ton gros toutou, aussi mignon soit-il.

Il ne put s'empêcher de sourire, en voyant Sherlock gémir. Comme si l'idée d'être réduit à un simple « toutou » le froissait.

Gaby avait ce don, celui de s'insinuer dans chaque parcelle de son être, réveillant des sentiments enfouis depuis si longtemps. Au fond, peut-être était-il temps pour lui de revenir à la vie. C'est ce que son père aurait souhaité.

Il prit une grande inspiration.

- Comment va Marc ?

- Vien le voir, il n'attend que ça, affirma-t-elle avec enthousiasme. En fait, il m'a envoyée en éclaireur, pour, je cite, « te sortir de ton trou ». Il pense que l'isolement n'est jamais une bonne solution.

Marc XUEREB, était son ancien professeur d'histoire au collège. Un de ces enseignants qu'on n'oublie jamais. Il avait la passion de son métier et adorait transmettre son savoir. Pour lui, les notes n'avaient aucune importance. Ce qu'il désirait par-dessus tout, c'était éveiller chez ses élèves la soif d'apprendre, nourrir leur curiosité sans fin. Chacun d'entre eux, poussé par un désir profond, cherchait à se surpasser, animé par le besoin de le satisfaire et d'impressionner celui qui, plus que tout, savait éveiller leur potentiel.

Les liens entre Gaby et Marc dataient depuis toujours. La mère de Gaby était prof de français, et son père enseignait les maths, au collège Monet. Ils étaient très unis, et Gaby avait toujours considéré Marc comme un oncle.

C'est étrange, il avait relégué au fond de sa mémoire tous ces souvenirs, et voilà qu'ils revenaient, se heurtant les uns aux autres.

Il se sentait perturbé par toutes ces émotions qui l'assaillaient.

Il regarda de nouveau Gaby avec attention.

- J'irai le voir.

- Oh ! Merci mon vénérable seigneur, pour ta si grande bienveillance, répondit-elle en se moquant.

- Gaby je… j'avais besoin de temps. Ce n'était pas contre vous, c'était… compliqué.

Gaby se contenta de hocher la tête. Elle ne s'était pas attendue à un tel bouleversement émotionnel en venant le retrouver.

Ils avaient été surpris d'apprendre son retour et espéraient sa venue. Mais, à mesure que les jours passaient, l'impatience les gagnait.

Ce matin en se levant, elle avait décidé sur un coup de tête que le moment était venu d'obtenir des réponses. De mettre fin à son isolement. Et en le découvrant, si fragile, assis sur son banc de pierre, elle avait su, au fond de son cœur qu'elle avait pris la bonne décision.

- J'ai eu très chaud en montant ici, un petit rafraîchissement serait le bienvenu. Martin, tes manières d'hôte laissent vraiment à désirer, dit-elle avec un petit sourire en coin.

Il pouffa de rire, et se tourna légèrement pour attraper un objet posé contre le mur. En voyant qu'il s'agissait d'une canne, le cœur de Gaby tressauta.

Il se leva péniblement, prenant lourdement appui dessus. Elle mourait d'envie de l'aider, mais savait qu'il n'apprécierait pas.

Martin avait toujours été quelqu'un de renfermé, elle ne devait pas trop le bousculer. Mais, maintenant qu'elle était de retour dans sa vie, elle n'allait plus le lâcher. Elle sentait qu'il avait besoin d'elle, et peu importe s'il la rabrouait, elle resterait.

Martin pinça les lèvres, il détestait cette canne, qui lui rappelait sans cesse à quel point sa vie avait changé. Mais, trop instable sur ses jambes, il ne pouvait pas s'en passer.

Il n'osa pas relever les yeux vers Gaby, de peur d'y lire de la pitié.

- Bon ! Tu te bouges, murmura-t-elle d'une voix joyeuse, sinon je vais tomber raide morte sur le palier de cette…

Elle s'interrompit brusquement en observant la façade de la maison. Gaby laissa échapper un petit cri en voyant son état désastreux. C'était en fait une vieille ferme.

- Oh pétard, il y a du boulot.

- J'ai pour projet de la rénover.

Elle éclata de rire en caressant ce traitre de Sherlock, qui ne quittait plus sa nouvelle amie.

- À ce niveau-là, ce n'est plus de la rénovation, c'est de l'archéologie. Misère ! Tu en as pour toute une vie à retaper cette ruine.

Tout à coup une idée fusa dans son esprit. Peut-être que… Pensa-telle avant de s'interrompre soudainement.

Elle prit une grande inspiration, le cœur battant, avant de se lancer.

- Tu as quelqu'un pour t'aider ? Une … compagne ou… une madame COMES ?

Il eut un petit sourire en coin, en voyant l'air gêné de Gaby.

- Non ! Ce travail de titan je l'effectuerai seul. En fait, c'était le rêve de papa, on devait la rénover ensemble, avoua-t-il avec une émotion dans la voix.

Gaby tristement hocha la tête.

Six mois auparavant son père était décédé d'une crise cardiaque. Tout le monde au village l'adorait. Cela avait été un choc terrible, il était si gentil, si serviable. Cet homme, si robuste n'avait pas supporté le drame qui avait touché son fils unique. La peur et le stress avaient eu raison de lui, et Martin s'en voulait probablement aussi pour cela. Il semblait porter toute la misère du monde sur ses épaules.

- Je pourrais t'aider, si tu le veux. Je suis en vacances jusqu'à la rentrée scolaire.

Martin la regarda avec attention, Gaby et lui comme au bon vieux temps, il n'en croyait toujours pas ses yeux.

- Bon d'accord, je n'ai pas le physique d'un bucheron, mais….

Sherlock émit un drôle de bruit qui les fit rire.

- Même Sherlock est de cet avis. Mais, je l'avoue avoir un peu de compagnie ne me ferait pas de mal, bien au contraire. Il secoua la tête, qu'est-ce qui lui prenait d'avouer ouvertement qu'il avait besoin d'elle ?

Toute heureuse de sa réponse, elle sourit. Gaby s'avança dans la pièce principale.

- Houlà ! Bon pour le gros œuvre, je ne serai peut-être pas l'assistante la plus efficace, mais pour la déco, je suis une pro. Que veux-tu faire ?

- La déco ? Dit-il en grimaçant. Tu veux parler des couleurs ?

- Oui aussi. Mais, avant il y a du taf, et pas qu'un peu. Pourquoi ? Tu as quelque chose contre les couleurs ?

- Disons, que cela doit se coordonner.

- La couleur c'est la vie Martin. Il faudra ajouter du peps à cette maison.

- Oui mais, alors à petite dose.

- Je ne comprends pas tes réticences, rétorqua-t-elle en fronçant les sourcils.

- Mais enfin Gaby, on ne met pas du vert pomme avec de l'orange fluo. C'est…

- C'est quoi ? Le coupa-t-elle en croisant les mains sur sa poitrine. Tu fais partie de la police de la mode, c'est ça ? Je suis originale ! Il n'y a pas de mal à ça L'originalité rend ce monde plus gai.

Martin dépassé par l'enthousiasme de Gaby se gratta la tête.

- Nous verrons le moment venu. Mais, de petites touches de couleur pourquoi pas.

- Voyons Martin de l'audace, de l'audace. Tu me déçois, je te croyais plus aventurier. Tu vis ici ? C'est plutôt sinistre non ?

Il se retourna vers elle, et éclata de rire.

- Gaby tu ne changeras jamais. Oui je vis là. Je le reconnais, c'est un peu…

- Un peu ? Non mais tu es sérieux là. C'est déprimant au possible. On dirait le royaume de Dracula, avec tous ces murs gris et délabrés. Il te faudrait un miracle pour redonner vie, ou…une petite fée, conclut-elle riant.

- J'ai toujours eu l'impression que tu étais une tornade qui déboule dans la vie des gens, reconnut-il en pouffant de rire.

- Oui mais une bonne tornade, conclut-elle en lui faisant un clin d'œil.

- Au fait, tu as dit que tu étais en vacances ? Tu es devenue prof comme tes parents ?

- Exact ! Répliqua-t-elle avec fierté. Je suis prof d'arts plastiques et tu ne devineras jamais dans quel collège.

- Monet ? Non sérieux ? Et prof d'arts plastiques ? Répéta-t-il en riant de plus belle. Mon Dieu, je comprends mieux ton style déjanté.

- Hé ! Vieux bougon. On dit style coloré à la rigueur, ou joyeux. Ça j'aime beaucoup. Bon ! Raconte-moi tes projets ?

Martin lui servit une limonade et lui montra tous les plans qu'il comptait mener à bien. Les heures défilèrent sans qu'ils en prennent conscience.

Elle resta pour manger un morceau avec lui, comme s'ils ne s'étaient jamais quittés. Ensuite, Gaby l'aida à retirer un vieux papier tout moisi dans la pièce principale.

Il réalisa tout à coup qu'il en avait plus qu'assez de cette vie recluse. Gaby était un peu comme le soleil qui inonde une vieille maison délabrée. Pour la première fois depuis longtemps, il se sentait de nouveau vivant.

Gaby regarda l'heure et se leva brusquement.

- Oh ! Il est déjà tard, la journée a filé à une vitesse incroyable.

Martin ne put s'empêcher de sourire.

- Comme lorsque nous étions enfants. Tu t'en souviens ? Plus d'une fois nos parents devaient venir nous chercher.

- Nous étions libres Martin. Nous avions la colline comme terrain de jeu. Peu d'enfants peuvent en dire autant. Bon ! Je dois filer, Marc va s'inquiéter.

- Marc, mais pourquoi ?

- Je loge chez lui. Après la mort de mes parents, j'ai tout vendu, car j'étais en poste dans une banlieue parisienne. Mais, quitter la Provence fut ma plus grosse erreur. J'étais si malheureuse loin d'ici. Marc a réussi à me faire muter au collège Monet pour la rentrée, donc en attendant de trouver un logement décent, pas comme…

Gaby laissa sa phrase en suspens, tout en roulant de gros yeux, pour décrire l'ampleur des travaux, ce qui le fit rire. Décidément, elle avait le don de le rendre plus joyeux.

- Au fait ! Dit-il, en reprenant un air grave. Je suis désolé pour tes parents, j'ai appris leur décès. Que s'est-il passé ? Enfin, si ce n'est pas trop difficile d'en parler.

Gaby fit une grimace. Oui, c'était toujours douloureux, elle commençait juste à s'habituer à leur absence.

- Il y a deux ans, ils ont eu un accident de voiture. Aucun n'en a réchappé.

- Mon Dieu Gaby, cela a dû être terrible. Si j'avais su…

Elle haussa tristement les épaules.

- On ne se voyait plus depuis des années. Cela n'aurait rien changé.

Il se mordilla les lèvres, avant de reprendre d'une voix émue.

- Comment as-tu réussi à surmonter un tel drame ?

- J'avais Marc, heureusement. Tu le sais, il est un peu pour moi comme un oncle. Il a toujours fait partie de ma famille. Il a été d'une aide précieuse et d'un réconfort incroyable. J'étais perdue, totalement dévastée. Il s'est occupé de tout : de l'enterrement, de la vente de la maison. Je ne sais pas ce que je serais devenue sans lui.

Martin prit sa canne et une fois de plus, il se maudit d'en avoir autant besoin. Mais, Gaby n'avait fait aucune remarque. Comme si elle avait compris, à quel point cela lui était pénible.

Il la raccompagna avec Sherlock au bout du chemin. La nuit commençait à tomber, et les bruits de la faune sauvage se faisaient entendre.

- Hum ! Tu dois avoir des sangliers, dans le coin.

- Ce sont de bons voisins, certes bruyants, mais on s'adapte à tout. J'ai connu pire, dit-il avec un petit sourire en coin.

Gaby le regarda avec gravité. Oui, il avait connu pire, et elle espérait qu'un jour il se confierait. Elle était persuadée qu'il gardait bien trop de choses en lui. Martin avait toujours été si sérieux. Comme si c'était son devoir de secourir tout le monde, de les protéger. Mais lui, qui le protégeait ?

- Tu reviens demain ? Demanda-t-il avec un peu trop d'empressement.

Elle ne put retenir un sourire.

- Eh bien ! Tu as vite compris tous les avantages d'avoir une employée gratuite, se moqua-t-elle gentiment.

- Une petite employée avec de grands pouvoirs, répliqua-t-il en pouffant de rire.

- Pas si petite. Je fais un mètre cinquante-cinq.

- Oui, c'est ce que je disais. Tu es la seule qui n'a pas grandi depuis le primaire. Aïe ! grommela-t-il en frottant son bras.

- Cela t'apprendra à te moquer, et puis tout ce qui est petit est mignon

- Et tout ce qui est grand est charmant, conclut-il en lui faisant un clin d'œil.

Gaby sentit ses joues devenir cramoisies. C'est vrai, qu'il n'avait rien perdu de son charme, même s'il semblait épuisé, découragé et si désespéré. Mais, aujourd'hui, c'était surtout un homme perdu. On ressentait sa tristesse et sa solitude, qui se répandaient autour de lui, comme une brume lourde pesant sur l'air.

Elle se leva sur la pointe des pieds, et lui fit signe de se baisser, pour déposer un baiser sur sa joue.

- À demain, esclavagiste.

En riant il la regarda partir, puis il siffla Sherlock et reprit le sentier vers sa maison. C'est drôle pensa-t-il en se frottant le menton, car jusqu'à maintenant c'était surtout un refuge. Peu importe où il se trouvait, tout l'indifférait.

Mais, ce soir, de nouveau il ressentait l'envie d'avancer dans sa vie, de finir ce projet. C'était le rêve de son père de rénover cette vieille ferme. Il l'avait achetée à sa retraite pour revenir dans ce village qu'il aimait tant.

Martin soupira tristement. Il n'avait même pas eu le temps d'en profiter. Il ressentit une crispation douloureuse du côté du cœur, comme à chaque fois qu'il y pensait.

La nuit fut agitée. Tous les démons de Martin semblaient s'être donnés rendez-vous. Il revivait en boucle le drame, et revoyait ce regard qui le hanterait jusqu'à son dernier souffle. Il avait l'impression d'étouffer. Il voulait crier, mais aucun son ne sortait de sa bouche. Il était prisonnier de cette scène qu'il revivait en permanence. Ce fut une énorme léchouille sur son visage qui le réveilla en sursaut.

Martin soupira en mettant une main tremblante sur son visage. Il était en sueur.

- Merci mon pote, cela faisait longtemps hein ? Je crois que revoir mon passé a réveillé tous mes démons.

Sherlock sauta sur son lit, et se lova contre son maître.

- Toi aussi tu l'aimes bien Gaby. Oh ! Ne fais pas le malin, j'ai bien vu comment tu la suivais. Mais, tu sais mon gros, quand nous étions jeunes, elle était plutôt chat !

Sherlock tourna la tête vivement, au mot chat. Ce qui fit rire Martin.

- Mais, elle aime bien les chiens, s'empressa-t-il de préciser. En fait, Gaby aime tout le monde, c'est difficile de lui résister. Je me demande si je n'ai pas fait fausse route ? Je pensais que la solitude me permettrait de me reconstruire, un peu comme cette maison. Finalement, j'ai l'impression d'être aussi délabré qu'elle. Dans le fond, on a peut-être besoin d'une boule d'énergie pétillante pour se remettre en selle. Bouge mon gros ! Je dois attraper mon téléphone pour voir l'heure. Oh ! Mince il est cinq heures du matin, la journée va être bien longue. Allez ! On se lève ! Un bon café, une bonne douche et puis nous avons une invitée aujourd'hui. On va faire en sorte de lui faire un meilleur accueil.

Sherlock aboya joyeusement.

- Oh ! Pardon, c'est vrai. Toi, tu l'as accueillie parfaitement. C'est moi le… comment elle a dit déjà ? Ah oui ! Le vieux bougon ! Nous devons changer cette impression au plus vite.

Sherlock aboya de nouveau, le faisant rire.

- Bon ok ! Tu as raison, JE vais devoir faire des efforts, toi tu es parfait, ça te va là ?

Sherlock de nouveau lui fit une grande léchouille.

Il se sentait plus léger. Quand ils étaient enfants, chaque journée auprès de Gaby était une incroyable aventure pleine de mystères fascinants. Et il avait l'impression que le retour de Gaby dans sa vie, allait marquer un grand tournant.

CHAPITRE 2

Il était installé sur son banc de pierre. Il aimait tellement cet endroit… Puis, soudain, Sherlock se releva brusquement. Sans attendre une minute, il fila sur le sentier, ce qui le fit sourire.

Elle arrivait ! Et c'était comme si le soleil se mettait à briller plus fort. Il sentit son cœur s'emballer sur un rythme endiablé. Il en resta muet un long moment, fasciné par cette apparition féérique.

En la voyant s'approcher doucement d'un air timide, il eut envie de la taquiner. Mais en réalité, il n'en menait pas large. Ses mains tremblaient. Tout se percutait dans sa tête, il revoyait des images d'un passé heureux, oublié depuis bien longtemps.

Il se força à sourire, et dut se racler la gorge pour parler d'une voix émue. Il n'arrivait pas à la quitter du regard, n'osant même pas cligner des yeux, de peur de comprendre qu'il ne s'agissait que d'une apparition de son esprit fatigué. Il avait cru rêver la journée d'hier, mais non elle était bien là !

- Waouh ! Ça pique les yeux, souffla-t-il avec un sourire malicieux, incapable de résister à l'envie de la taquiner.

Elle fit un petit tour sur elle-même, pour faire admirer sa tenue. Elle portait un tee-shirt d'un violet fluo sur un pantalon rouge pompier. Gaby fit un pas et se pencha vers lui en faisant un clin d'œil.

- Eh bien tu n'as qu'à les fermer, dit-elle en secouant un petit sachet devant lui.

Elle en sortit un croissant pour Sherlock.

- Ah ! Tu veux l'amadouer. Mais, tu sais ce chien est connu pour être loyal. On ne l'achète pas, il…

Au même moment Sherlock se dressa sur ses deux pattes et s'empara du croissant.

- Traître ! S'écria Martin en riant.

- J'en ai un pour toi aussi. On va se faire un bon petit-déjeuner avant d'attaquer la journée.

- J'ai plus de caractère que Sherlock. Tu ne briseras pas ma résistance.

- Tu crois ça ! Dit-elle en passant devant lui.

Elle se dirigea vers la cafetière, et l'arôme des croissants et du bon café se répandit dans la pièce, le faisant saliver.

Il prit place à la table de fortune qu'il avait installée. Mais, il sentait sur lui le regard appuyé de Gaby. Elle se pinçait les lèvres et penchait la tête.

Il savait que quelque-chose la tracassait. C'est fou, comme les petites manies restent bien présentes. Sa Gaby n'avait pas changé, et lui ? Était-il toujours le même ? Pensa-t-il en prenant une grande inspiration.

- Je… Commença-t-elle, avant de s'interrompre brusquement, en baissant la tête.

- Allez ! Gaby, vas-y je te connais. Tu ne me lâcheras pas, tant que je n'aurai pas répondu à tes questions. Mais, je veux un joker. Je ne suis pas encore prêt. Essaye de me comprendre ? Demanda-t-il doucement.

La sincérité qui transparaissait dans son regard, fit mal à Gaby. Elle sentait qu'il n'était pas prêt à se livrer, à se libérer. Martin avait souffert dans son corps et dans son âme. C'était un homme brisé. Elle allait devoir y aller sur la pointe des pieds. Ce qui n'était pas vraiment son style. Gaby était directe, authentique. Elle avait besoin de bien cerner les gens pour les apprécier. Elle s'humecta les lèvres et le regarda porter la tasse à ses lèvres.

- Je ne veux pas être intrusive. Je me doute bien, que c'est trop douloureux. Je veux juste comprendre ce qui s'était passé, lors de ce dernier été, car cela m'avait profondément blessée. Nous devons percer l'abcès, pour repartir sur de bonnes bases. Tu me comprends j'espère ?

Martin mit sa main sur les siennes. Il n'avait jamais voulu la faire souffrir, bien au contraire.

- Tu es parti si vite Martin. Je n'ai rien compris. Nous fêtions notre dernier cours, tu m'as dis que tu avais oublié ton classeur dans la classe de Marc, et puis tu as disparu. Tu n'es pas venu à la fête qu'on avait organisée pour marquer la fin de l'année scolaire. Et quand Marc m'a demandé de passer chez toi pour te remettre ton classeur, ton père m'a appris que tu avais finalement décidé de passer l'été à Paris avec ta mère et que tu venais de partir. Comme ça, sans un mot, sans un adieu…Martin, je ne t'aurais jamais cru capable de me traiter ainsi. Nous étions amis, cela comptait tant pour moi.

Le visage de Gaby exprimait une émotion si intense, qu'il sentit son cœur se serrer.

- Comment peut-on partir comme ça, sans un mot, sans un adieu ? Même Marc en avait été blessé, ainsi que tous nos amis.

Martin ressentit de la honte. Il avait tout juste quinze ans à l'époque, et à cet âge-là les réactions, les émotions sont si vives. Il n'avait pas su gérer la situation. Il s'en voulait de l'avoir ainsi peinée.

 En relevant la tête, il vit des larmes briller dans ses beaux yeux marron. Ils lui avaient toujours fait penser à ceux d'un faon innocent et si confiant.

- C'est… c'était compliqué.

Elle fronça les sourcils.

- J'ai l'impression que c'est ton mot favori. Tu me l'as sorti hier aussi Martin, insista-t-elle en se tournant vers lui pour le fixer avec attention.

- Nous étions si amis, j'ai besoin de savoir. Tu ne peux pas revenir comme ça dans ma vie, sans m'expliquer. Sinon cela restera comme une fêlure entre nous. Tu comprends ?

Il cligna des yeux, il était si heureux de retrouver sa Gaby. Il ne voulait pas que quelque chose puisse s'immiscer entre eux, et gâcher leurs retrouvailles.

Il se leva péniblement. Sa haute stature emplissait la pièce de sa présence imposante. Gaby pencha la tête de côté, déçue d'être de nouveau rejetée.

- Viens ! Dit-il en lui tendant la main. Je n'ai pas envie de travailler ce matin. J'ai mal dormi, mes douleurs sont trop fortes. Un peu de marche me fera du bien et Sherlock, a besoin de se dégourdir les pattes. Tu peux me donner ma canne s'il te plaît ?

Étonnée par sa réaction, elle s'empressa en silence de la lui tendre. Mais, elle conserva son autre main au creux de la sienne. Ce lien, ce contact, était essentiel. Elle espérait juste qu'il ne la décevrait pas… encore une fois.

Il prit un sentier vers l'arrière de la maison. Elle fut étonnée par la beauté du paysage.

- C'est vrai que c'est magnifique ici. Je n'y étais jamais venue.

Sherlock gambadait joyeusement à leurs côtés, avec une balle dans sa gueule.

- Il va la garder tout le long de la balade ?

- C'est son jouet favori. De temps en temps, je la lui relance. Il adore cela.

Martin prit une longue inspiration. Comment lui raconter, sans la blesser ? Il pencha la tête vers elle.

- Tu as raison ! Je te dois des excuses, et surtout des explications.

- Merci Martin, c'est important pour moi.

- Cet année-là, mon enfance s'est brisée, a volé en éclats. Mes parents venaient de m'annoncer qu'ils allaient divorcer. Maman n'avait jamais supporté de vivre dans ce petit village de Provence. C'était une parisienne dans l'âme. La ville, le bruit, la foule, tout lui manquait et papa, étant chauffeur routier à l'international, était souvent absent, laissant un vide dans la maison.

Gaby se pencha pour lancer une balle à Sherlock. Elle ne voulait pas l'interrompre. Elle avait besoin de comprendre, pour clore ce douloureux chapitre.

- Maman m'avait promis de me laisser passer un dernier été ici, avec toi et tous nos amis.

- Justement je....

Il l'interrompit en mettant son index sur sa bouche, pour la faire taire.

- Il s'est passé un évènement qui a tout précipité.

- Quel évènement ?

Il secoua la tête. Les émotions l'envahissaient. Comment lui dire la vérité sans la blesser, ou la bouleverser ?

- Je ne peux pas encore te le dire, du moins pas pour l'instant. Je t'en prie essaye de me comprendre ? Supplia-t-il en la regardant avec attention.

Gaby était perturbée. Elle savait qu'à cette époque-là, Martin traversait des moments très difficiles. Il ne voulait pas déménager à Paris, ayant toujours vécu ici. Elle ne voulait pas le faire souffrir en ravivant de mauvais souvenirs, mais ce départ précipité, l'avait tellement blessée.

- J'ai détesté vivre dans cette grande ville. Les gens ne se parlent pas. Il n'y a que du béton autour de toi. Tu sais, comme j'aimais cette nature, les parfums du thym, du romarin, mais là-bas... Il grimaça ce dégoût, c'était la puanteur des voitures. C'était horrible. Papa a dû vendre notre maison, pour donner sa part à maman. Lui aussi, était très malheureux. Par amour pour moi, il s'est rapproché de Paris pour pouvoir me voir le plus souvent possible.

Martin secoua tristement la tête, comme pour en chasser de tristes souvenirs.

- Cet été-là, a marqué la fin de mon enfance, de cette période bénie. Gaby dit-il en se tournant vers elle, et en prenant son menton entre son pouce et son index. Sache, qu'il ne s'est pas écoulé un jour sans que je ne pense à vous tous… à toi.

Son regard vert était si insistant, si chargé d'émotions, qu'elle en trembla.

Une larme coula sur la joue de Gaby. Elle lui en avait tellement voulu. Elle venait de comprendre à cet instant précis, ce qu'il avait dû ressentir, ce qu'il avait enduré. Elle s'était focalisée sur sa propre peine, oubliant Martin. Elle eut honte de sa réaction égoïste.

Un divorce brise des familles, les enfants en sont souvent les victimes. On ne mesure pas toujours l'ampleur de l'impact sur leurs sentiments, leurs émotions, surtout à l'adolescence.

- Quand tu es venue hier, j'avais l'impression que le temps s'était aboli, que tout se remettait sur son axe. Le monde avait enfin retrouvé son équilibre.

- Mais, tu aurais pu m'écrire, me téléphoner. Moi, je n'avais aucun contact ! Mais toi, tu pouvais le faire, insista-t-elle avec de la douleur dans la voix.

- J'aurais dû… mais je ne pouvais pas, avoua-t-il d'une voix brisée.

Elle vit un éclair de souffrance traverser son regard.

- Je venais de laisser mon cœur ici. Mon enfance, mes amis, tous ceux que j'aimais. Et si j'avais entendu ta voix, ne serait-ce qu'une fois, j'aurais craqué.

Il jeta sa canne à terre et prit ses mains entre les siennes, pour les presser contre son cœur.

- Je détestais Paris. Pour survivre j'ai dû trancher dans le vif. Je savais que je n'aurais pas le courage de tenir. Tu hantais déjà toutes mes pensées, mes rêves. Si tu savais comme j'étais malheureux loin de vous tous, murmura-t-il d'une voix étouffée.

Gaby se mordilla les lèvres, Martin était déjà d'un naturel renfermé, solitaire, et une telle épreuve avait dû profondément l'affecter.

Cet homme avait tellement enduré de drames. Elle devait l'aider à tourner la page. Elle se pencha et ramassa sa canne qu'elle lui tendit.

- Eh bien voilà ! J'ai mes explications, reprit-elle d'une voix un peu plus joyeuse que ce qu'elle ressentait réellement. Maintenant, nous pouvons reprendre là où notre amitié s'était arrêtée, sans fêlure, sans question sans réponse. Merci Martin j'en avais besoin, dit-elle d'une voix qu'elle essaya de rendre enjouée, mais qui ne reflétait pas la tristesse de son cœur. Elle était si émue en pensant à cet enfant déraciné, qui avait tant souffert.

Ils continuèrent en silence leur promenade. Mais, cet instant était empreint de sérénité, Gaby se sentait enfin apaisée.

Sherlock bifurqua sur la gauche et Martin siffla pour le rappeler à l'ordre.

- Qu'est-ce qu'il fait ?

- Je ne sais pas. Je ne prends jamais ce sentier, il est un peu trop abrupt pour moi.

- Tu veux que j'aille le chercher ?

Martin la regarda avec une douceur incroyable dans son regard, qui la figea sur place.

- Non ! C'est une journée exceptionnelle. J'ai retrouvé ma meilleure amie. Alors après tout, découvrons ce nouveau sentier. En cas, tu m'aideras.

Gaby sentit son cœur tressauter. Il n'hésitait plus à lui parler de ses faiblesses, c'était déjà un grand progrès.

- Oui mais bon ! N'oublie pas que je ne mesure qu'un mètre cinquante…

- Cinq ! Je sais dit-il en riant.

- Et surtout que je pèse un poids plume. Je ne pourrai peut-être pas te retenir. On va essayer de trouver un bon passage, afin d'éviter une chute.

Sherlock les regardait descendre, tout fier de lui.

- Quel coquin !

- Tu ne l'as pas bien dressé.

- Mais il n'est pas dressé ! C'est mon ami. Je ne suis pas son maître, il obéit quand il en a envie.

- Waouh ! Quelle éducation, se moqua-t-elle en riant.

Ils découvrirent une magnifique forêt dense, d'un vert intense.

- C'est magnifique ici.

- Cela fait partie de ma propriété. En fait, nous en sommes à la limite.

Ils jouèrent avec Sherlock à la balle. Mais, en la ramassant, Gaby s'arrêta, surprise.

- Regarde ? C'est étonnant. Parmi tous ces pins et ces chênes, on trouve un petit bosquet de pommiers. C'est insolite.

Martin s'approcha et les observa avec attention, avant de saisir une pomme rouge qu'il croqua.

- Hum ! Excellente en plus. Je devrais peut-être me lancer dans la gestion d'un verger. Tu as raison, c'est surprenant de voir des pommiers ici. Il recula pour mieux observer l'ensemble.

Gaby haussa les épaules.

- Peut-être qu'un oiseau aura déposé une graine, et d'année en année les pommiers auront poussé de façon sauvage, ou qu'un randonneur aura jeté des pommes à terre, et la nature aura fait le reste.

Sherlock se mit à gratter furieusement la terre, près d'un vieux tronc desséché. Martin le repoussa doucement, en le caressant. Il ramassa sa balle et la lui lança, pour l'éloigner un peu.

- Probablement, répondit Martin, en remuant le sol avec sa canne. C'est étrange, regarde ?

- Quoi ?

- Tu ne vois pas ? Au pied de cet arbre mort, on dirait qu'un cercle de pierres a été disposé, c'est surprenant. Elles sont toutes similaires et d'assez grande taille…

Gaby se pencha et gratta délicatement les herbes et les feuilles qui recouvraient les cailloux.

- Oh ! C'est bizarre. Donc, quelqu'un a bien planté volontairement un arbre ici, et cela devait être le tout premier pommier. Ensuite, en tombant les fruits ont germé tout autour. Ce que je ne comprends pas, c'est…

- Pourquoi avoir planté un pommier, en pleine forêt ?

- Oui ! Ce n'est vraiment pas logique. Tu as des prairies exposées en plein soleil, alors pourquoi ici ?

Sherlock se mit à aboyer en remontant la pente. Martin l'appela en pestant.

- Il a dû voir un lapin. Il n'aime pas beaucoup les autres animaux.

- Hum ! Aussi sauvage que son maître finalement, précisa Gaby avec un petit sourire en coin. Il n'aimerait pas Picasso alors.

- Picasso ? C'est qui ça ?

- Ma chatte. Une véritable merveille, mon petit trésor, mon bébé d'amour. C'est une palette de couleurs ambulante. Elle est beige avec un peu de blanc et de roux.

- Oh ! Comme je suis surpris, dit-il en riant, mais… Picasso, c'est masculin ?

- Oui bon ! J'ai commis une petite erreur d'appréciation au début. Elle avait tellement de poils, que je me suis trompée. Mais, j'adore ce nom : Picasso. Je n'allais pas tout changer pour un détail.

- Tu es toujours la même Gaby, conclut-il en la regardant tendrement. Bon ! Suivons ce coquin, avant qu'il ne se sauve trop loin.

Sur le retour du chemin, un silence paisible régna entre eux. Tout à coup, Gaby se pencha pour prendre un brin d'herbe, qu'elle glissa entre ses lèvres.

- Je me demande….

- Quoi donc ? Oh ! Je reconnais ce regard. Tu avais le même, quand tu voulais m'entraîner dans une de tes aventures incroyables.

- Bein ! C'est étrange quand même, ce pommier avec ces pierres autour. Comme pour…

- Marquer un endroit précis, murmura-t-il en la coupant. Oui ! Dit-il en riant, je me faisais la même réflexion.

- Ah ! Tu vois.

Toute la journée cette idée les obséda. Ils travaillèrent à poncer des volets. Mais ce petit pommier mystérieux, hantait leurs pensées.

Gaby regarda l'heure en soupirant.

- Je vais devoir y aller.

- Quoi ? Maintenant ? Mais, je croyais que tu passerais la journée avec moi.

- Je dois accompagner Marc. Il a des courses à faire. Je le lui avais promis. Au fait, il veut que tu viennes manger, il a envie de te revoir.

Martin grimaça.

- Je ne suis pas encore prêt à revoir tout le monde. J'ai l'impression d'avoir blessé beaucoup de personnes en partant comme un voleur. J'ai un peu honte.

- Raison de plus pour s'en débarrasser. Tu leur diras ce que tu m'as dit, et tout le monde comprendra. On t'aime Martin, conclut-elle en mettant ses mains sur ses bras.

Elle se pencha vers Sherlock pour le caresser une dernière fois, puis déposa un baiser sur la joue de Martin.

- À demain, précisa-t-elle en s'éloignant.

Martin la regarda partir. L'envie de continuer à travailler venait de le quitter subitement. C'était Gaby qui impulsait une telle énergie, qui le motivait. Il la vit faire volte-face et revenir en courant vers lui, les yeux pétillants de malice.

- Martin ! Dit-elle en mettant son index sous son nez. Il faut qu'on retourne voir ce pommier demain, il est trop bizarre. J'ai envie d'explorer l'endroit. Sherlock aussi était intrigué. C'est un signe, je te le dis, affirma-t-elle avec enthousiasme.

Il éclata de rire, et voilà que Gaby l'entraînait dans une nouvelle aventure. Mais, dans le fond, lui aussi avait besoin de comprendre ce que cachait ce mystérieux petit pommier.

Il avait l'impression d'avoir de nouveau huit ans. Il fallait être un peu fou ou avoir gardé son âme d'enfant, mais peu importe. Cela faisait tellement de bien, de se sentir de nouveau vivant. Il approuva avec un grand sourire.

CHAPITRE 3

Le lendemain matin, Gaby arriva de bonne heure, Martin encore ensommeillé, n'avait pas encore pris son petit déjeuner. En la voyant, une vague d'émotion le submergea. Il passa ses mains dans ses cheveux très courts. La nuit avait été bien agitée.

- Oh ! Tu as mauvaise mine. Ce sont encore tes douleurs qui te font souffrir ? Demanda-t-elle en le fixant avec inquiétude.

- Depuis ton retour, mes nuits sont perturbées, avoua-t-il en riant.

Gaby, blessée par sa remarque, baissa les yeux.

Martin s'en voulut, il s'approcha et mit sa main sur son bras.

- Oh ! Je ne voulais pas te froisser. C'est juste que…

- Cela réveille beaucoup de souvenirs, je sais, dit-elle en haussant les épaules. Je suis comme toi, je dors très mal aussi. Notre histoire s'était arrêtée si brusquement.

Elle inspira longuement.

- Je pensais en avoir fini avec tout ça, et te revoir, a tout remué : les rancœurs, la tristesse, les regrets.

Elle soupira.

- La nostalgie tout simplement.

Il se mordilla la lèvre.

- Tu m'en veux toujours ?

- Non ! Je comprends ta réaction. Tu venais juste d'avoir quinze ans, tu affrontais une situation difficile. En fait, je ne sais pas comment j'aurais réagi à ta place.

Il blêmit, et Gaby l'observa avec attention.

- Qu'est-ce que…

- Rien ! Dit-il en la coupant.

Il pencha légèrement la tête et ferma les yeux, comme pour chasser une pensée douloureuse. Un long silence s'étira avant qu'il ne rouvre les paupières et ne pose de nouveau son regard sur elle. Un éclat furtif de douleur, traversa son visage, l'ombre d'une émotion qu'il ne laissa pas s'attarder. Pourtant, dans l'intensité troublante de ses yeux d'un vert émeraude, quelque chose vacilla. C'était si fugace qu'elle crut l'avoir imaginé, mais l'espace d'un instant, il lui sembla bouleversé.

- Jamais ! Je n'aurais voulu que tu traverses ce que j'ai enduré ce fameux été. Jamais Gaby ! Tu étais comme ce soleil ardent, tu brillais de mille feux, et rien ne devait venir altérer ton éclat, ta joie de vivre, ton innocence. Ce que je ressens d'ailleurs toujours en toi. Tu n'as pas changé, Gaby, murmura-t-il en mettant sa main tendrement sur sa joue.

Elle ouvrit la bouche et la referma aussitôt. Il avait l'air si grave tout à coup.

Sherlock qui revenait du jardin, vint se frotter contre ses jambes, quémandant une caresse. Il leur offrait-là une occasion parfaite pour détendre l'atmosphère.

- Oh ! Si tu savais ce que cette rencontre insolite a mis mon esprit en ébullition, avoua-t-elle avec enthousiasme.

- Je te connais Gaby, dit-il en riant, et j'avoue que comme toi, j'ai besoin d'en savoir plus. Nous sommes stupides non ?

- Aventuriers, mon cher, juste des aventuriers. Allez bouge-toi ! J'ai hâte de découvrir ce mystère. Avant toute chose, nous avons besoin d'un bon petit déjeuner pour nous mettre en forme.

Sherlock qui semblait n'attendre que ça, se mit à aboyer joyeusement.

- Bien sûr mon toutou, je ne t'ai pas oublié, murmura-t-elle en lui donnant son croissant.

- Hum ! Bonjour la diététique. Ta Picasso doit être bien grassouillette.

Faisant mine de prendre un air vexé, elle le regarda en levant son petit menton. Ses taches de rousseur, lui donnait un air angélique qui contrastait, avec ses mimiques, cela le fit sourire.

- Pas grassouillette, elle est juste… moelleuse.

- Tu vois Sherlock, si tu continues avec le régime « spécial Gaby ». Tu seras toi aussi… moelleux.

Sherlock d'un air dédaigneux, s'éloigna avec son croissant.

- Au fait, Marc insiste. Il aimerait que tu viennes manger à la maison.

Martin soupira, en mettant les mains dans les poches arrière de son jean. Il grimaça.

- j'ai encore besoin d'un peu de temps.

Elle haussa les sourcils, en croisant les bras.

- Martin, nous le savons tous les deux, cela ne changera rien. Allez ! Sois gentil, fais un effort.

Comment résister à Gaby ? Il n'avait jamais su. Il pesta, mais capitula.

- Bon ! Mais pas de suite. Accorde-moi quelques jours.

Ses yeux pétillèrent d'une joie enfantine. Elle avait obtenu gain de cause. Martin aimait la voir aussi joyeuse, même si… après tout… du temps avait passé. Il ne ressentirait plus cette gêne, ce poids sur l'estomac.

Il se redressa et fit un signe à Gaby pour qu'elle le suive.

- Donne-moi le sac. J'y ai mis de l'eau pour nous trois, et passe-moi cette pelle s'il te plaît

.- Je la porterai. Toi, tu as déjà ta canne.

- Je ne vais pas la prendre. Au pire, je m'appuierai sur la pelle si besoin.

Gaby fronça les sourcils, en le regardant faire quelques pas. Il semblait moins abattu que la veille. Martin semblait animé d'une nouvelle énergie, qu'elle percevait. Son cœur se serra en le voyant cependant grimacer. Il boitait énormément.

- Qu'est-ce que tu regardes ?

Elle prit une grande inspiration. Elle n'avait jamais caché ses sentiments, ou ses impressions. Elle ne voulait pas lui dissimuler quoi que ce soit.

- Je me faisais la réflexion que… tu avais l'air d'aller un peu mieux… moralement du moins.

Il s'arrêta brusquement et s'humecta les lèvres.

- Les médecins pensent que mon esprit bloque ma guérison. Je souffrirai tout le temps, les dommages sont irréversibles. Mais, normalement je devrais pouvoir améliorer ma condition physique.

- Qu'est-ce qui bloque ?

- C'est … compliqué.

- Oh ! Cela faisait longtemps. Décidément c'est devenu ton mot favori, dit-elle en faisant une petite grimace comique. Bon ! Alors allons-y, précisa-t-elle en sifflant Sherlock.

Sans s'en rendre compte, ils hâtaient le pas, et tout à coup Gaby éclata de rire.

- Non mais, tu nous vois avec cette pelle. Il fait une chaleur de dingue et nous on va creuser. C'est une idée totalement stupide.

- Tu veux renoncer ? Demanda-t-il un peu déçu.

- Tu es fou ! Cela m'obsède. Je dis juste que si on nous voyait, on nous prendrait pour des demeurés.

- Ce n'est pas nouveau, conclut-il en lui faisant un clin d'œil.

- Ce n'est pas faux. Nous adorions jouer les Indiana Jones en quête d'aventures.

Ils pouffèrent de rire. Sherlock qui courait devant eux, se coucha juste devant la vieille souche de l'arbre desséché.

- Alors ça, c'est bizarre. Tu as vu ? Il s'est arrêté juste devant.

- Tel maître, tel chien, murmura Martin à son oreille.

Elle lui donna un petit coup de coude.

- Je reconnais que ce chien est plein de qualités. Pour le maître c'est à voir.

- Comme tu es dure, mon cœur saigne, dit-il en faisant mine de se plier en deux. Sherlock s'approcha immédiatement pour le réconforter.

- Heureusement, mon meilleur ami est là.

Gaby en riant, s'empara de la pelle et commença à creuser.

- Eh ! C'était à moi de le faire.

- Le premier qui trouve un trésor, en est le maître.

- Oh ! Je ne m'inquiète pas, c'est sur ma propriété

- J'avais oublié ce petit détail technique.

Gaby suait sang et eau, mais pour rien au monde elle n'aurait renoncé.

- C'est ridicule Gaby. C'est encore notre imagination qui s'est emballée. Arrête, tu es épuisée.

- Pourtant c'est étrange, tu l'as dit toi-même. Tu ne veux pas essayer, juste un coup ? Tu auras peut-être plus de chance que moi.

Martin s'empara de la pelle.

- C'est bien pour te faire plaisir. Franchement, nous sommes juste deux idiots en train de creuser sous un soleil de plomb. C'est ridicule.

Il pouffa de rire, tout en continuant de travailler. Mais, tout à coup, un étrange bruit métallique se fit entendre. Ils se figèrent, se regardant en silence.

- Tu l'as entendu ? Demanda Gaby en se penchant vers le trou.

- Bien sûr ! Qu'est-ce que… ?

- Oh ! Je le pressentais. On a trouvé un trésor. On a trouvé un trésor ! Tu penses à quoi Martin ? Une boîte renfermant des lingots, ou des bijoux ? Oh là, là, pousse-toi, je vais gratter à la main.

Fébrilement, Gaby dégagea la terre tombée dans le trou. Elle mit à jour ce qui ressemblait à une boîte ancienne, d'une couleur verte ternie par le temps. Elle s'empressa de la dégager, et la tendit à Martin qui venait à son tour de se laisser tomber à terre à ses côtés.

Il passa la main dessus délicatement. La peinture verte était écaillée. La boîte était rouillée, après tout ce temps passé sous terre.

- Oh ! C'est peut-être une capsule temporelle. Tu te souviens Martin ? On devait en faire une, s'écria Gaby avec enthousiasme.

Martin la regarda avec gravité.

- J'en ai fait une pour nous deux.

- Quoi ? Mais quand ?

- Juste avant mon départ. Je voulais immortaliser ma vie ici.

Émue, Gaby dut faire un effort surhumain pour retenir ses larmes.

- Tu me montreras ? murmura-t-elle, très touchée par son geste.

- Pas encore. Mais, promis, le moment venu, tu la verras.

Rassérénée par sa réponse, Gaby tapa dans ses mains.

- Bon ! Alors tu attends quoi pour l'ouvrir ?

Peu importe ce que contenait cette fameuse boîte. Ils avaient trouvé ensemble leur trésor. Cette aventure était déjà si palpitante.

Il retrouvait son âme d'enfant. Cette émotion incroyable qui faisait battre plus vite son cœur. Cette envie de s'amuser. Ce bonheur d'être auprès de Gaby. Il s'essuya les mains moites sur son pantalon, gagné par la crainte d'être déçu… et si la boîte était vide ?

Martin dut s'y prendre à plusieurs reprises. La rouille bloquait l'ouverture. Mais, tout à coup le couvercle se souleva brusquement.

Gaby se pencha immédiatement près de lui. Il sentit son parfum se répandre, envahir son espace. Il ne put s'empêcher de le humer avec délice, avant de se concentrer de nouveau sur le contenu de cette boîte mystérieuse.

Ils se regardèrent, ébahis par cette incroyable découverte.

CHAPITRE 4

- C'est une dinguerie, c'est un truc de ouf ! C'est quoi ? Demanda Gaby en se penchant un peu plus vers la boîte.

- Martin agenouillé, la regarda en souriant.

- Gaby on l'a notre trésor ! Celui qu'on a cherché toute notre enfance.

Il ressentait une telle joie au fond de son cœur.

- Tu te souviens de nos expéditions dans la colline ?

- Oui mais… c'est quoi ? Dans le fond, tu as raison Martin, on s'en fout du contenu.

Gaby le regardait, les yeux pétillants de bonheur.

- Le fait d'avoir dégoté un truc à cet emplacement, cela me fait battre le cœur plus vite. Ce n'est pas le trésor qui compte finalement, c'est la quête.

Elle éclata de rire. Son visage exprimait une telle joie, qu'elle irradiait.

Martin s'essuya les mains moites et religieusement, posa la boîte sur le sol. Il en extirpa, un premier objet.

- C'est quoi ? Répéta Gaby avec impatience.

- On dirait un… Dog Tag. Une plaque militaire américaine.

- Sérieux ? Mais qu'est-ce qu'il fait là ? Tu arrives à lire quelque chose ?

- Hum ! Ce n'est pas très lisible.

Gaby s'en empara, et utilisa son pantalon pour le nettoyer.

- Oh ! On peut voir un nom. Elle le tendit de nouveau à Martin.

- Ryan… WILLIAMS. Il y a aussi son groupe sanguin, ainsi qu'un numéro d'identification et sa religion. Cela doit dater de la seconde guerre mondiale à mon avis.

Gaby prit un air chagriné qui l'intrigua.

- Dis donc, c'est grave, murmura tristement Gaby. Tu te rends compte ? Toute ta vie tient sur un petit bout de métal. Tu imagines, le mien ? Gabrielle LAJOIE, groupe sanguin A négatif, catholique et un simple numéro, c'est… déprimant.

Martin haussa les épaules avec fatalité.

- Ils mettaient l'essentiel, pour permettre de les identifier. En plus, se moqua-t-il en pouffant de rire, tu n'es même pas catholique.

- Si, bien sûr, s'offusqua Gaby en croisant les bras sur sa poitrine. Bon ! D'accord, je l'avoue, pas très pratiquante, mais catho dans le cœur, et arrête ! Ne m'enlève pas une petite ligne. C'est déjà si peu de résumer une vie sur une plaque. Pourquoi avoir mis ce Dog Tag dans cette boîte ?

Il pencha la tête, semblant réfléchir intensément, puis il focalisa de nouveau son attention sur le contenu.

- Regarde, un joli mouchoir tout en dentelle. Il ne doit pas dater d'hier.

- Oh ! Mais dans le coin, il y a des initiales : M-C, sûrement ceux d'une femme.

En le dépliant délicatement, Martin fit tomber deux mèches des cheveux, une blonde et une brune.

Gaby s'en empara et les toucha avec respect, avant de les reposer.

- Mon Dieu, Martin, c'est de plus en plus fascinant. J'ai l'impression de violer l'intimité d'une personne, cela me met mal-à-l'aise. Peut-être… qu'on devrait tout remettre en place. Tout à coup, je ressens une gêne, pas toi ?

Martin ne l'écoutait plus. Il venait de remarquer une lettre au fond de la boîte, il l'en extirpa en douceur.

- On va peut-être avoir des explications et je te le promets ensuite, on remettra tout en place. Tu as raison, c'est étrange.

Il la déplia religieusement. La lettre était tachée, abimée par le temps. Il commença à la lire à voix haute avec beaucoup d'émotion.

- Il y a juste une phrase, « Le rapace nous a séparés, a brisé notre destin, mais la justice sera faite. L'amour éternel ne peut être rompu » Et il y a ensuite en guise de signature un baiser à moitié effacé.

- Oh ! Mon Dieu j'en pleure, dit-elle en essuyant une larme qui coulait sur sa joue. Tu te rends comptes Martin ? C'est si émouvant. Mais, que veut-elle dire ? Car c'est bien une femme qui a écrit et signé. C'est qui ce rapace ? Fais voir, je veux la lire moi-même.

Martin tout ému, se contenta de la lui tendre. Il se crispa en entendant Gaby pousser un petit cri.

- Oh ! Regarde Martin, toutes ces taches qui abiment les lettres. Ce sont sûrement des larmes. M-C a pleuré longuement. Mais, que s'est-il passé ?

Martin observa de nouveau attentivement le document. Gaby avait raison, c'étaient probablement des larmes, qui entachaient la lettre.

- Il a dû se passer un drame. Elle fait référence à un destin brisé. Elle parle de justice, c'est étrange. Il n'y a rien d'autre ? Demanda Gaby avec espoir.

Martin se mordilla les lèvres. Lui aussi, aurait aimé comprendre le contenu de la boîte. Il commença à étaler chacun des objets trouvés, devant eux, et en silence ils les observèrent un long moment.

- Nous ne pouvons pas la remettre en place comme si de rien n'était Martin. Ce sont des vestiges du passé. Nous devons mener une enquête pour comprendre ce drame, car tu es de mon avis, il a dû se passer quelque chose de grave ?

Martin se contenta de hocher la tête, lui aussi était fasciné par cette découverte. L'envie d'en apprendre plus, s'empara de tout son être. Mais, par où commencer ? Il regarda les objets étalés avec attention.

- Je sais ! Notre premier indice, c'est cette plaque militaire. Elle contient une mine d'informations. Nous devons la faire parler.

- Mais comment ? C'est si vieux tout ça. Oooh ! Je sais, dit-elle en prenant une mine réjouie qui l'intrigua.

Que mijotait-t-elle ?

Gaby se pencha vers Martin et lui tapota le bras.

- Tu vas venir manger chez Marc, lui saura quoi faire. C'était notre prof d'histoire. Il est incollable sur la seconde guerre mondiale. Donc ! Tu n'as plus aucune raison de reporter. Je vais l'appeler.

- Oui mais… dit-il en fronçant les sourcils. Depuis le retour de Gaby dans sa vie, tout semblait se précipiter. Il n'avait plus l'habitude d'être ainsi bousculé.

- Pas de oui mais, bouge tes fesses. Allez Sherlock ! On rentre.

Sur le chemin du retour, Gaby tenait précieusement la boîte contre sa poitrine. Ils ne cessèrent d'émettre des suppositions. Cette aventure, réveillait leur âme d'enfant.

Gaby téléphona à Marc, qui se réjouit aussitôt de sa venue. Il sentit alors une crampe tordre son estomac.

Cela faisait si longtemps, il ne devrait plus y penser. Cela n'avait plus aucune importance, oui mais… alors pourquoi ressentait-il une telle gêne ? Peut-être car il ne se montrait pas totalement honnête avec Gaby, sa Gaby, et qu'il détestait cela.

- Je… je ne peux pas laisser Sherlock tout seul ici, il m'accompagne partout.

- Eh bien ! Tu le prendras avec nous. Ce n'est pas un problème. Ne commence pas à chercher la petite bête. Il est bien éduqué ce toutou, hein mon gros !

Ce dernier se hissa sur ses pattes arrière, et fit presque basculer Gaby.

- Sherlock, tu es trop gros pour elle, viens ici !

Sherlock penaud, rejoignit son maître. Gaby s'approcha pour le caresser.

- Eh ! Tu n'as rien fait de mal. C'est juste que… je suis peut-être un peu trop petite pour toi, quand tu mets tes pattes sur mes épaules. Mais, la prochaine fois, je me préparerai, et tu verras je ne vacillerai pas. Je te le promets.

- Je reconnais pour sa défense, que tu es minuscule.

- Eh ! On t'a sonné toi ? Je parle à Sherlock.

Martin ne put s'empêcher de pouffer de rire. Mais, au fond de lui, une angoisse l'étreignit à l'idée de revoir son ancien professeur, qu'il admirait tant.

Entre leur petite randonnée et la marche pour rejoindre la voiture de Gaby, Martin sentit son dos le faire terriblement souffrir. Il dut faire une halte pour récupérer un peu de force. Gaby le vit devenir blême.

- Tu veux que je rapproche ma voiture ?

- Non ! T'inquiète, dit-il en grimaçant. Accorde-moi juste une pause. Je déteste me montrer ainsi en public.

- Eh ! Premièrement je ne suis pas « le public », mais ton amie, et tu as mal, je le vois bien, alors on prendra le temps qu'il faut. Tu veux qu'on remette cela à demain ? Marc comprendra, tu sais ?

- Non ! Surtout pas, ça va aller, précisa-t-il en se redressant tout doucement.

En voyant la voiture de Gaby, il ne put s'empêcher d'éclater de rire.

- Un pot de yaourt ? Rose en plus, non mais sérieux Gaby ?

Gaby regarda sa voiture en souriant.

- C'est Rosie, je l'adore, et cette couleur est sublime. On dirait un rose nacré.

- J'espère qu'on ne croisera personne. Aïe ! Dit-il en frottant son bras.

- Tu vas la vexer. On va mettre Sherlock à l'arrière.

Celui-ci pencha la tête de côté en affichant une drôle d'expression, qui les fit éclater de rire.

- Tel maître, tel chien. Dis donc tu ne vas pas faire le difficile toi aussi. Allez grimpe !

- Je ne sais même pas, si je vais arriver à glisser ma grande carcasse dans ce pot de yaourt. Il va probablement falloir m'extraire avec des forceps.

- Tu es un peu trop grand pour ça, c'est pour les bébés, et arrête de te plaindre. Ce n'est pas la faute de Rosie, si tu es si grand. Qu'est-ce qu'elle devrait dire elle ? Ses amortisseurs vont souffrir.

Martin pouffa de rire.

- Rosie en plus ! Tu sais Gaby, tu devrais peut-être consulter. Je plains tes élèves.

Elle lui tira la langue, avant de refermer la portière. Mais, en s'installant derrière le volant, elle prit conscience de l'étroitesse de l'habitacle. Le pauvre, lui qui souffrait déjà. Elle mordilla sa lèvre.

- Ça va ? Tu n'as pas trop mal ?

- On verra cela au moment de m'extraire du véhicule. Mais, tu sais je viens de comprendre ce que devait endurer une femme qui portait une gaine.

Elle fronça les sourcils.

- Quel rapport, avec les gaines ?

- Je suis tellement compressé, que je ne sens plus rien. Dépêche-toi, j'ai l'impression d'avoir du mal à respirer.

En voyant son air moqueur, Gaby pouffa de rire. Elle retrouvait son Martin, espiègle, et rieur, son complice de toujours.

En arrivant devant chez Marc, Martin dut prendre une grande inspiration. Il se répéta en boucle que tout se passerait bien. Il serrait la boîte et son précieux contenu contre son torse.

- Donne-moi cette boîte. Je vais la poser sur le capot, ensuite je t'aiderai à t'extraire de Rosie.

- Je sens que cela ne sera pas une partie de plaisir.

Martin grimaça, et retint un gémissement de douleur lorsque Gaby l'aida. Il serra les dents. Chaque mouvement ravivant la brûlure lancinante. Il allait vraiment devoir prendre ses cachets en rentrant chez lui. Son corps était au supplice.

- Ça va ? Tu es tout vert ? S'inquiéta-t-elle en le fixant avec attention.

- C'est dingue, à ton contact on prend des couleurs. C'est l'effet Gaby, puissance dix.

- Gros malin. Ah ! Marc, regarde qui je te ramène ?

Martin se tourna avec précaution.

Il fut ému en retrouvant cet homme qui lui avait donné la passion de l'histoire.

Marc s'approcha et le prit dans ses bras.

Il n'avait guère changé. Le visage toujours aussi buriné, qui lui donnait un air plus âgé déjà à l'époque. Mais, aujourd'hui il avait une chevelure d'un blanc éclatant.

Monsieur XUEREB était de petite taille. Il se tenait vouté, paraissant frêle, ce qui contrastait avec l'intensité de son regard, toujours aussi vif et alerte. Malgré sa stature fragile, son regard trahissait une force intérieure, presque perçante.

- Dis donc, tu étais déjà bien grand, mais là... ou alors c'est l'âge et je me tasse trop. Je suis content de te voir après tout ce temps, murmura-t-il en souriant avec bienveillance.

Le regard de Marc se posa sur la canne qu'ils avaient prise avant de partir. Il fronça les sourcils et tapota les bras de Martin comme pour le réconforter.

- Je suis désolé pour ton papa, et pour... il s'interrompit brusquement en faisant un signe vers sa canne. Je sais que tu ne veux pas en parler, mais nous sommes tous avec toi. Tu le sais j'espère ?

- Merci Monsieur XUEREB.

- Marc ! Simplement Marc. Je ne suis plus ton prof. Alors ? Il paraît que vous avez trouvé un trésor ? Dit-il en leur faisant signe de le suivre.

Les mines réjouies, ils se dirigèrent avec Sherlock vers la terrasse ombragée.

Marc, avait préparé des encas et des rafraichissements.

- J'ai pensé qu'on serait mieux ici. Les muriers apportent une fraicheur bien agréable.

Martin prit place dans un fauteuil si confortable qu'il en ressentit un bien-être immédiat. Il ne put retenir un soupir de soulagement. Ses deux amis le regardaient en souriant.

Sherlock qui s'était couché à ses pieds, se redressa brusquement en apercevant un chat qui dormait au soleil sur un fauteuil. Avant même qu'il puisse agir, Sherlock fit un bond, en aboyant furieusement.

- Sherlock non ! S'écria Gaby qui essayait de le retenir par le collier.

Péniblement, Martin se releva et le calma aussitôt.

- Oh ! Ma pauvre Picasso, tu ne t'attendais pas un tel invité. J'aurais dû prendre des précautions.

La chatte s'était réfugiée sur la branche d'un arbre, et sa queue énorme en disait long sur sa peur et sa colère. Elle fusillait Sherlock d'un regard peu amène.

- Quel malotru ton chien.

- Il a une réaction normale. Il n'a jamais réellement approché les chats tu sais. Ce n'est pas de sa faute. Je vais l'attacher.

- Non ! Gaby tu n'as qu'à la rentrer dans la maison. Enferme là dans ta chambre. Cela lui permettra de se calmer tranquillement.

Gaby s'empressa de mettre à l'abri sa précieuse Picasso.

Martin grimaça.

- C'est dommage. Je n'avais pas pris conscience du risque. Je n'ose même pas imaginer s'il l'avait attrapée.

- Il ne vaut mieux pas, répondit Marc en faisant de gros yeux. Cette petite chatte est si précieuse pour Gaby. C'est... il dut se racler la gorge, avant de reprendre, sa seule famille, conclut-il d'un air si affligé, que Martin en fut étonné.

Pourquoi une telle réaction ? Bien sûr Gaby avait perdu ses parents, mais c'est étrange. Il percevait quelque chose d'autre derrière cette réaction. Il soupira, son esprit fatigué devait divaguer.

Il se mordilla les lèvres, en regardant Sherlock qui avait un air penaud.

- Tu n'as pas intérêt à croquer Picasso. Je viens juste de retrouver Gaby, ne gâche pas tout.

Marc le regarda en plissant les yeux. Il sembla hésiter, avant de prendre la parole.

- Je … je me suis toujours demandé si ton départ précipité n'avait pas quelque chose à voir avec moi ? Murmura-t-il en penchant la tête, et en croisant les mains sous son menton, tout en ne quittant pas Martin des yeux.

Ce dernier, se sentit devenir cramoisi.

- Pourquoi dites-vous cela ?

- Je…il secoua la tête de dépit. Tu as raison, n'écoute pas les élucubrations d'un vieil homme. C'est juste que…

- C'est si vieux tout ça, le coupa Martin qui n'avait pas du tout envie de réveiller les fantômes du passé.

- Oui mais, parfois cela interfère dans nos vies. Personne, n'a compris ton départ si précipité. C'était un peu, comme si tu fuyais quelque chose.

- À quoi bon ressasser le passé, insista Martin qui se sentait tout à coup oppressé. Il ne voulait pas répondre. Il faisait tout pour éviter d'y penser.

Marc mit sa main sur la boîte, en tournant la tête, observant Gaby qui approchait.

- C'est bon, elle se calme. Mais, la pauvre quelle frayeur.

Marc reporta son attention sur leur trésor.

- Justement tu comprendras un jour Martin, à quel point tout est lié, murmura Marc en le fixant avec attention. Comme pour lui faire passer un message.

Il sourit ensuite à Gaby qui venait de s'installer près de lui.

- Alors les enfants, montrez-moi votre découverte ? J'ai hâte d'en apprendre plus.

Martin ouvrit la boîte religieusement, extirpant chaque objet qu'il posa délicatement devant son professeur. Ce dernier s'empara en premier de la plaque qu'il étudia longuement, avant de hocher la tête.

Gaby et Martin échangèrent un regard de connivence. Leur professeur était comme eux, captivé par ces découvertes.

Il prit ensuite le mouchoir, passant son index sur les initiales. Puis, il remit en place les mèches de cheveux, avant de se saisir de la lettre qu'il déplia méticuleusement.

Gaby se mordillait les lèvres. Elle avait hâte d'avoir son avis sur leur découverte.

- Alors ?

- C'est très intéressant. Mais, tu sais, cela peut être un collectionneur qui aura regroupé ses trouvailles, ou bien une jeune fille qui en voulait à la société en voyant son beau soldat repartir, ou…

- Oui on a compris, l'interrompit Gaby déçue de l'entendre minimiser leur trésor. Cela peut tout dire, ou rien du tout. Mais, quand même, elle parle de rapace, de vengeance, de justice.

Marc mit ses coudes sur la table et posa sa tête au creux de ses mains, semblant réfléchir intensément.

- C'est troublant

- Ah ! Je le savais, s'écria Gaby avec enthousiasme.

Les deux hommes éclatèrent de rire.

- Si j'ai bien compris vous ne voulez pas lâcher l'affaire ? Demanda Marc en les regardant l'un après l'autre.

Gaby se tourna prestement vers Martin.

- Non mais vous êtes sérieux là ? Et toute ma vie je me demanderai ce que pouvait bien signifier cette lettre ? Et qu'est-ce qui a bien pu se passer pour M-C et Ryan Williams ?

Martin pencha la tête en prenant un air affligé. Il soupira en regardant Marc.

- Mon pauvre. Je crois qu'elle t'a de nouveau entraîné dans une enquête bien mystérieuse.

- J'ai l'impression de faire un bond dans le passé. D'un côté c'est vrai, j'ai envie d'en apprendre plus, de comprendre ce que voulait dire M-C. D'un autre côté …

- Quoi d'un autre côté ? Le coupa Gaby exaspérée par ses hésitations.

- Eh bien ! Parfois la vérité peut faire mal. Ne vaudrait-il pas mieux laisser le passé où il est ?

- Mais, quand on a découvert cette boîte, tu étais aussi désireux que moi d'en savoir plus. Que t'arrive-t-il Martin ?

Il baissa la tête d'un air honteux, pas très fier de sa volte-face. Mais, le fait de se retrouver devant Marc, lui avait fait prendre conscience que parfois le passé devait rester à sa place. Que la vérité pouvait blesser, malgré tout le temps écoulé.

- Bon ! Mais si cette enquête peut peiner quelqu'un, on arrêtera tout immédiatement. Tu es d'accord ?

Gaby sembla réfléchir intensément, avant de sourire en hochant la tête. Marc lui, observait Martin, en plissant les yeux.

- Martin a raison, murmura Marc en ne le quittant pas de son regard perçant. La vérité à mon avis est indispensable, car il n'y a rien de pire que de ne pas savoir ou d'en vouloir à quelqu'un sans raison. Mais, nous ne devons pas réveiller de vieilles blessures inutilement. Le but n'est pas de blesser quelqu'un, juste de s'informer, par curiosité. Bon ! Soyons pragmatiques, intéressons-nous à cette fameuse plaque.

- On pense qu'elle date de la seconde guerre mondiale, s'empressa de préciser Gaby

- C'est logique, vu son état d'ancienneté. Il faut savoir que le débarquement en Provence a eu lieu le quinze Aout 1944. Sept mille hommes furent débarqués, parachutés ou déposés par planeur autour de la Motte, près de Draguignan, afin de rejoindre la RN 7 qui était un axe majeur pour atteindre la vallée du Rhône.

- Vous pensez que Ryan était l'un d'entre eux ? Demanda Martin en se repositionnant confortablement dans son fauteuil.

- Probablement.

- Et le mot rapace, vous évoque quoi ? Les allemands ?

- Cela me semble logique. L'aigle était leur emblème. Il incarne la force, la puissance. Sous le régime nazi, l'aigle a été modifié pour devenir l'Adler des Reiches soit l'aigle du Reich. Peut-être que… ce jeune soldat est mort au combat et que cette jeune-fille aura voulu le venger. Ce qui pourrait expliquer cette missive, et les larmes que l'on devine dessus.

Il passa sa main délicatement sur la lettre.

- C'est émouvant, on ressent sa tristesse, dit-il avec émotion.

- C'est exactement ce que je disais. N'est-ce pas Martin ? Voilà pourquoi nous devons connaître la vérité.

- Comment cette plaque pourrait-elle nous aider à progresser ?

Marc ôta ses lunettes et mâchouilla l'une des branches avant de faire un signe vers Martin.

- Je sais ! Il existe une organisation, la DPAA.

- C'est quoi ça ? Demanda Gaby en fronçant les sourcils.

- Ils aident à retrouver les familles des soldats disparus. Avec cette plaque ils pourront peut-être nous en apprendre plus. C'est un lien, entre l'armée américaine et les familles. Je vais m'en occuper.

- Et nous, qu'est-ce qu'on pourrait faire en attendant ? Demanda Gaby avec enthousiasme.

Marc reporta son attention sur les différentes pièces étalées sur la table.

- Vous, vous allez travailler ensemble. Nous avons des initiales : M-C. Allez donc à la mairie, au bureau de l'état civil, ou à l'église. Essayez de rechercher une jeune-femme, probablement née en... Il sembla réfléchir un moment, avant de préciser, à partir de 1920.

- Si vieux ? S'écria Gaby.

- Eh oui ! Nous nous lançons tous les trois dans une enquête du passé. Essayons d'avoir un maximum d'informations pour avancer. En attendant, l'heure du repas a sonné. Installez-vous, dit-il en mettant ses bras sur les accoudoirs pour se lever.

- Non ! Marc laisse, je m'en occupe, affirma Gaby en se dirigeant vers la cuisine.

- Tout est prêt. Tu trouveras une salade dans le frigo, et les entrées aussi.

- Toujours aussi fin gourmet Marc, murmura Martin en souriant.

- C'est important de s'accorder ce plaisir. La vie est si rude parfois.

Le repas se déroula dans une bonne ambiance. Ils échangèrent leurs souvenirs, des nouvelles des anciens élèves. Au moment du café, Martin soupira de bonheur. Cela faisait longtemps qu'il ne s'était autant détendu, en si bonne compagnie.

- Bon les enfants ! La mairie va ouvrir. Il est temps de mener notre enquête.

- Viens Sherlock, murmura Martin en le caressant.

- Non ! S'il te plaît laisse-le ici. Je vais m'en occuper.

- Oui mais, cette pauvre Picasso va devoir rester enfermée dans la chambre.

- Ne te tracasse pas. Je connais les animaux et j'en ai dompté des biens plus sauvages, dit-il en leur faisant un clin d'œil.

- Vous parlez des élèves ? L'interrogea Martin en pouffant de rire.

- Oh oui ! Une faune sauvage, et encore à votre époque, vous étiez des agneaux, quand on voit la jeunesse d'aujourd'hui, c'est pire. Filez maintenant, sinon nous n'apprendrons rien de plus.

Martin se leva péniblement, mais il était tout heureux, de se lancer dans une enquête avec ses amis. En voyant le sourire éclatant de Gaby, il sentit en lui naître une énergie nouvelle. Elle lui tendit la main, qu'il s'empressa de saisir sous le regard bienveillant de Marc.

- Dépêche-toi, la mairie est juste à côté. On va enfin découvrir qui est M-C.

CHAPITRE 5

Ils croisèrent des gens dans la rue, qui les saluèrent avec gentillesse, et Martin se rendit compte qu'il avait eu tort de se tenir à l'écart de cette communauté bienveillante.

- Ah ! Regarde, on y arrive, murmura Gaby avec beaucoup d'enthousiasme dans la voix.

Sa joie de vivre était si communicative, que Martin ne put s'empêcher de sourire. Une voix les interpella, et Gaby s'arrêta brusquement, en pressant un peu plus fort la main de Martin. Il regarda une femme s'approcher d'eux, et ne put retenir un sourire en la reconnaissant.

- Madame KAHN ? Dit-il avec émotion.

Elle le regarda attentivement, et mit ses mains sur ses bras, heureuse de le voir.

- Tu n'as pas changé Martin, toujours aussi grand, et… frêle. Un peu trop peut-être.

 Elle se mordilla la lèvre.

- J'espère que le bon air de notre village t'aidera, et si tu as besoin de quoi que ce soit, nous serons là pour toi, affirma-t-elle en lui pressant le bras. Mon Dieu, j'ai l'impression de faire un bond dans le passé, de vous revoir au collège toujours fourrés ensemble, à vous lancer dans des aventures saugrenues. Que le temps passe vite, et dire que notre première rencontre fut un quiproquo.

Martin pouffa de rire. Il repensa à son arrivée au collège, lors de son entrée en sixième. Il était si heureux d'être parmi les grands, qu'en croisant madame KAHN, dans le couloir, il lui avait lancé un « salut » tout joyeux. Sans réaliser que ce n'était pas une élève, mais bien un professeur. Elle l'avait repris vertement, et avait prévenu ses parents, choquée par un tel manque de respect.

- J'en suis encore tout confus madame KAHN. Pour ma défense, vous étiez de la taille des élèves. Je n'avais pas réalisé que vous étiez professeure. Remarquez, c'est plutôt flatteur quand on y pense, dit-il d'un air penaud.

Madame KHAN esquissa un sourire.

- Je suis persuadé que Gaby a déjà dû avoir le même problème avec ses élèves. Elle fait la même taille que vous, aïe !

Gaby venait de le pincer gentiment. Ce qui les fit rire.

Madame KHAN reporta alors son attention sur Gaby.

- Je suis heureuse aussi de te revoir. Marc, m'a dit que tu étais revenue définitivement, et que tu allais enseigner dans notre ancien collège. J'en suis très touchée, et ta maman de là-haut doit aussi en être très fière.

Elle baissa la tête, semblant tout à coup émue, puis elle fixa avec gravité Gaby.

- Un jour, il faudra que nous parlions. J'ai repris la maison de mes parents, rue des Lauriers, au numéro trois. Tu le sais, ta maman était ma meilleure amie, et… j'aime beaucoup Marc. Je crois que tu dois savoir. Mais, sache que ta maman a enfin trouvé la paix. Quel gâchis ! Murmura-t-elle tristement.

Gaby émue, ouvrit grand la bouche. Mais, avant qu'elle ne puisse prononcer le moindre mot, madame KHAN, les salua puis s'éloigna d'un pas rapide

- C'était quoi ça ? Demanda Martin intrigué.

- Je n'en n'ai pas la moindre idée. Tu sais, c'est bizarre, déjà le jour de l'enterrement de mes parents, elle ne m'a présenté ses condoléances que pour le décès de maman, et elle a dit une phrase énigmatique.

- Laquelle ?

- Un truc du même style. Elle est enfin libérée... ou un mot du même genre. J'étais si effondrée que je l'avoue, je n'y ai pas prêté attention. C'est après la cérémonie, une fois seule, que cela m'a intriguée.

- Oui, c'est bizarre. Madame KHAN était très proche de ta mère. Elles enseignaient le français toutes les deux, elles faisaient même du théâtre ensemble, non ?

- Oui, et puis maman a arrêté pour s'occuper de moi. Elle m'a demandé d'aller la voir, mais pourquoi ?

Martin haussa les épaules.

- Elle sait que tu es de retour définitivement. Peut-être qu'elle veut te remettre des souvenirs de ta maman. Après tout, elles ont travaillé ensemble pendant je crois presque vingt ans. Elle doit avoir des photos à te montrer. Ou alors...

- Ou alors quoi ?

- Elle sait que tu me copiais dessus, et elle voudra te mettre une heure de colle, dit-il d'un air moqueur.

Gaby éclata de rire.

- N'importe quoi. C'est plutôt toi, qui regardais mes copies.

- Eh ! Ta mère était prof de français. C'était injuste, tu étais avantagée.

- Ma mère ne m'aidait pas. Elle en faisait un point d'honneur, pas plus que mon père pour les maths d'ailleurs.

Martin grimaça. Le père de Gaby était craint dans tout le collège. Sa réputation le précédait. Un véritable tyran. La terreur des élèves.

- C'est quoi cette grimace ?

- Ton père a sûrement hanté les cauchemars, de bien des élèves.

Elle pouffa de rire.

- Tu exagères, il était… tatillon.

- Tatillon ? Répéta Martin en ouvrant de grands yeux. C'était le plus sévère du collège. Personne, ne dépassait huit de moyenne. Même les fortes têtes en maths. Quand, en début d'année, on voyait son nom sur l'emploi du temps, c'était la catastrophe. On déprimait direct, on savait que notre moyenne allait plonger.

- Oui, mais, grâce à lui, on avait un super niveau, et l'année d'après, avec un autre prof, ton huit se transformait en quinze.

- Ouais ! Ce n'est pas toi qui te faisais engueuler quand tes parents recevaient le bulletin. D'ailleurs, tu avais combien déjà de moyenne, toi ?

Gaby pinça les lèvres. Mais, une jolie fossette apparut sur sa joue.

- Huit !

- Ah ! Tu vois. Lucky Luke avait encore frappé.

Elle pouffa de rire.

- Bon ! D'accord. Il pouvait se montrer un peu trop strict. Pourquoi vous l'appeliez Lucky Luke ? Vous n'avez jamais voulu me le dire.

Martin se contenta de hausser les épaules, sans répondre.

Gaby soupira. Ce n'est pas encore aujourd'hui, qu'il lui dévoilerait ce secret.

- Tu penses que c'est pour parler de l'ancien temps, qu'elle veut me voir ?

- Ne te tracasse pas à l'avance. Ce n'est probablement rien de bien méchant, surtout après tout ce temps.

- Tu as probablement raison, et puis ce n'est pas le moment. Nous devons avancer dans notre enquête.

Malgré elle, le regard de Gaby suivit madame KHAN, qui s'éloignait dans la ruelle perpendiculaire.

L'employée de la mairie à l'accueil reconnut immédiatement Gaby et Martin, ils avaient été à l'école ensemble. Elle s'empressa de les embrasser avec effusion.

- Ça alors, Gaby et Martin comme au bon vieux temps. Quel plaisir de vous retrouver ici. Quand Lucas le saura, il n'en reviendra pas. Tu as réussi à le sortir de sa grotte, Gaby ? Demanda-t-elle en souriant. Mais, son regard se figea en voyant la canne de Martin.

Pour dérider l'ambiance, il le prit sur le ton de l'humour.

- Eh oui ! J'ai cédé, car j'ai besoin de main-d'œuvre pour ma rénovation.

- C'est vrai, ton père avait racheté la vieille ferme des CAMOIN, à l'abandon depuis des décennies. Dis-donc, il doit y avoir un sacré boulot. Si tu as besoin d'aide, sache que Lucas a une entreprise de maçonnerie. Il sera là pour toi, il sera heureux de te filer un coup de main, comme au bon vieux temps.

- Lucas ? GERSANDE ?

- Lui-même. Je suis madame GERSANDE, précisa-t-elle en souriant.

- Isabelle GERSANDE, cela sonne bien. C'est drôle, car déjà au collège il te courait après.

- Eh oui ! Et nous n'étions pas les seuls. On a bien cru à cette époque-là, que vous finiriez vous aussi ensemble.

Gaby et Martin, échangèrent un regard gêné.

- Oh ! C'est si vieux tout ça, nous n'étions qu'amis, rien de plus, affirmèrent-ils en chœur.

Isabelle éclata de rire.

- Bien sûr ! Bon alors ! Qu'est-ce que je peux faire pour vous ?

Ils lui expliquèrent leur démarche, et Isabelle fut elle aussi intéressée par cette histoire du passé. Elle les entraîna dans une pièce, où tous les dossiers étaient stockés.

- Aïe ! Cela en fait un paquet à lire, gémit Martin en la regardant.

- Je vais vous aider. Pour l'instant il n'y a personne à l'accueil, et puis je suis si contente de vous retrouver. Nous allons bosser ensemble, comme au bon vieux temps.

Hélas ! Au bout de deux heures de recherches infructueuses, leur bel enthousiasme avait fondu comme neige au soleil.

- Mon Dieu, soupira Gaby. On dirait qu'elles s'appelaient toutes Monique, Manon, Mireille, Marie, Martine et j'en passe.

- J'ai eu deux Mathilde, affirma Martin en riant.

Isabelle sembla réfléchir intensément.

- Il faut dire que cela fait large, de 1926 à 1946. En plus, rien ne dit qu'elle soit née dans la commune.

- Quoi ? Tu veux dire qu'il faudrait qu'on fasse de même dans les communes avoisinantes ? Mon Dieu, je n'y avais pas pensé. Tu te rends compte Martin ?

- Bein ! C'est juste une éventualité, ou alors… vous avez peut-être une autre piste ?

Ils se regardèrent d'un air désolé. Ils avaient si peu d'indices en leur possession.

- On va retourner voir Marc, avec un peu de chance, ou un énorme miracle, il en saura peut-être un peu plus.

Ils se quittèrent en se promettant de se retrouver au plus vite.

- Tu souris ! Fit remarquer Gaby en se tournant vers Martin.

- Oui ! Je n'aurais jamais imaginé ressentir un tel bonheur en retrouvant les personnes de mon enfance. Cela efface tout…

Il s'arrêta brusquement, et fronça les sourcils.

- Moi aussi, je suis contente de te retrouver comme au bon vieux temps. Ah ! Regarde on arrive chez Marc.

Ce dernier était sur sa terrasse entouré de documents. Il releva la tête en les entendant arriver.

- Alors les enfants ?

- On a fait chou blanc, soupira Gaby d'un air désespéré.

Marc ne put s'empêcher de sourire.

- Quelle vieille expression pour dire que vous avez échoué. Ta maman l'utilisait souvent, dit-il avec nostalgie.

Gaby s'installa sur une chaise à ses côtés, et mit sa main sur la sienne pour le réconforter.

- C'est vrai. Je crois que je l'ai tellement entendue durant mon enfance, qu'elle fait partie de moi.

- Tu vas passer pour une ringarde, se moqua Martin en riant.

Gaby lui tira la langue, comme lorsqu'ils étaient enfants. Tout à coup, elle réalisa que Picasso sa chatte, était installée sur une chaise près de Sherlock qui dormait paisiblement.

- Quoi ? Mais comment ?

Marc lui fit signe de ne pas crier trop fort.

- Je n'en reviens pas, s'étonna Martin en les regardant à son tour. Oui comment ?

- J'ai toujours eu des animaux. Il suffisait de leur expliquer la situation.

- Quelle situation ?

- Que la vie vous a séparé bien trop longtemps, et que s'ils vous aimaient sincèrement, ils ne devaient pas s'interposer.

Gaby sentit ses joues devenir cramoisies.

- Enfin, il n'y a rien entre…

- Parler aura suffi ? Demanda Martin en la coupant. Je savais mon chien intelligent, mais à ce point, je l'avoue je suis étonné.

- Disons que des friandises et des rappels à l'ordre, ont aussi beaucoup aidé, avoua Marc en riant.

- Je comprends mieux, pouffa de rire Gaby.

- Cela reste un début. Il faudra du temps, donc tu ramèneras à chaque fois Sherlock, et à la fin de l'été, ils seront les meilleurs amis du monde. Là, ils se tolèrent, c'est déjà un bon début.

Ils observèrent en souriant ces deux coquins.

- Bon ! Alors, cela n'a rien donné ? Demanda Marc en mâchouillant son stylo.

- Rien de rien. Nada ! Confirma Martin en soupirant.

- Nous devons trouver un autre angle d'attaque. Perso, j'ai réussi à établir un contact avec l'organisation pour le Dog Tag. Ils me recontacteront très rapidement. Je crois qu'ils ne doivent pas être débordés par ce genre de demandes, et franchement ils avaient l'air passionnés par cette découverte.

- Tant mieux ! Gémit Martin en mettant ses bras derrière sa nuque, pour étirer son dos douloureux.

- On va peut-être en rester là, pour aujourd'hui. Mais…

- Mais quoi ? Demanda intriguée Gaby.

- Il me vient une idée. Noémie ! Dit-il en riant. Bon sang ! Pourquoi n'y ai-je pas pensé plus tôt.

- Noémie ? La vieille Noémie ? Répéta stupéfait Martin. Mais… elle est encore vivante ?

Gaby lui donna un petit coup sur le bras.

- Dis donc, tu exagères.

- Mais, elle a quoi ? Presque cent ans non ?

- On a fêté ses quatre-vingt-dix-sept ans, il y a un mois.

Martin siffla entre ses lèvres, puis il grimaça.

- Quoi ? Qu'est-ce qu'il t'arrive encore ?

- Sa mémoire doit-être défaillante, vu son âge.

- Monsieur a une autre solution à nous proposer peut-être ? Et puis tu seras surpris. Elle a bon pied, bon œil. Elle affirme que la gnole conserve, murmura Gaby en riant.

Martin avait toujours adoré Noémie. C'était une véritable Provençale. Elle avait tenu toute sa vie, le bistrot du village, un lieu de convivialité et de partage. Tous les jours lorsqu'ils revenaient de l'école primaire, les enfants s'arrêtaient devant le bistrot, en appelant Noémie, qui sortait pour leur donner des bonbons. Il fut ému de ces souvenirs, qu'il avait soigneusement remisés au fond de sa mémoire.

- Elle travaille toujours ?

- Penses-tu ! C'est sa petite-fille qui a repris le bistrot. Mais, Noémie a toujours sa table devant la fenêtre, et tout le monde passe lui dire bonjour. Elle est au courant de tous les potins du village. On n'a pas besoin de journal, on a Noémie, précisa-t-elle en pouffant de rire. Oh ! Mais je sais, on ira demain prendre le café là-bas. Je viendrai te chercher avec Rosie.

À ce nom, Martin ne put s'empêcher de grimacer.

- Quoi encore ?

- On prendra plutôt ma voiture. Cela m'évitera de devoir utiliser un chausse-pied pour m'extraire de cette petite boîte.

Marc éclata de rire, et Gaby l'air offusqué, croisa ses bras sur sa poitrine.

- Elle est parfaite pour moi cette voiture.

- Il faut être de la famille des gnomes pour l'apprécier, se moqua gentiment Martin, la faisant sourire.

- Bon ! Je laisserai ma voiture chez toi.

- Non ! Je viendrai directement. Comme ça, nous irons avec Marc au café.

Ce dernier les regarda tour à tour, en plissant les yeux.

- Non les jeunes ! Vous irez sans moi. J'attends un appel de l'organisation, et puis je dois couper les branches d'un arbre qui me gêne. J'en profiterai pour le faire.

- Vous avez besoin d'aide ? Interrogea Martin avec bienveillance.

- T'inquiète, j'ai l'habitude.

Marc se leva, saluant Martin une dernière fois. Ce dernier était heureux de sa journée. Il se sentait enfin vivant, comme si un souffle nouveau était en lui. Au fond de son être, quelque chose vibrait, intense. Il retrouvait ce feu sacré, cette passion qui l'animait, l'envie irrésistible de découvrir, de comprendre, de se perdre dans ce monde qui lui semblait à nouveau plein de mystères.

CHAPITRE 6

Le lendemain matin, Martin se réveilla en poussant un soupir de bien-être. Sherlock tourna sa tête dans tous les sens, probablement étonné de cette bonne humeur.

- Allez mon vieux, on se bouge ! Tu vas retrouver ta copine Picasso.

À ce nom Sherlock qui était couché sur le lit, posa sa tête entre ses pattes avant, en fixant attentivement Martin.

- Oui je sais, ce n'est pas facile. Mais, Marc a raison mon gros. J'aimerais beaucoup que tu fasses un effort, c'est important pour moi. Tu comprends ?

Sherlock se redressa pour lécher le visage de son maître, ce qui le fit rire. Il s'empressa de boire une bonne tasse de café et de prendre une douche, puis il fit le tour de sa maison pour évaluer l'ampleur des travaux.

- Sherlock, il va falloir passer à la vitesse supérieure. Nous allons redonner son lustre d'antan à cette maison, elle le mérite. D'ailleurs, je vais peut-être contacter Lucas.

À cette idée, il fronça les sourcils. Lui, qui voulait tout faire par lui-même, venait de comprendre qu'il avait besoin d'aide. Il en fut le premier surpris. Son cœur subitement s'emballa. Oui ! Il avait envie d'avancer dans sa vie, cette prise de conscience était soudaine. Depuis bien trop longtemps, il vivait reclus, désireux de se faire oublier, de rester isolé, et là tout à coup, grâce à la tornade Gaby, il reprenait goût à la vie.

Il regarda un long moment la boîte mystérieuse posée sur la table, avant de l'ouvrir pour s'emparer avec délicatesse du mouchoir brodé qu'il porta à son visage dans un dernier espoir, celui de retrouver un parfum, un indice, une trace infime de cette mystérieuse M-C. Mais hélas, le temps avait fait son œuvre. Il n'y restait plus rien, ni souvenir, ni frémissement d'une présence qui lui semblait pourtant si proche. C'est étrange, il ne la connaissait pas et pourtant …

Il prit une grande inspiration.

- Allez Sherlock ! On y va, monte en voiture, je t'épargne le supplice de Rosie, mais ne le dis surtout pas à Gaby.

Le chien se mit à aboyer joyeusement, ce qui le fit rire. Il avait hâte de retrouver Gaby et Marc. En repensant à ce dernier, il se mordilla les lèvres. Il savait qu'un jour, ils allaient devoir avoir une sérieuse explication, mais pas maintenant. Il pressentait que ce n'était pas encore le moment.

Dès qu'il se gara le long du trottoir, Gaby surgit, aussi impatiente que lui, ce qui le fit sourire. Ils allèrent saluer Marc qui leur offrit un café et des viennoiseries. Ce brave Sherlock eut droit à un croissant. Tout à coup, il vit Picasso, couchée sous un arbre, Martin retint son souffle. Mais, Sherlock se contenta de se coucher à proximité sans la quitter des yeux. Il soupira de bonheur, et vit que Gaby aussi était soulagée.

- Bon ! On file. Marc, si on a du nouveau on reviendra te le dire immédiatement.

- Parfait ! Moi, j'espère être contacté par l'organisation. En attendant je vais couper ces branches qui me gênent.

Gaby se mordilla les lèvres.

- Ne fais rien de dangereux. Je pourrais apprendre à utiliser cette tronçonneuse s'il le faut.

- Ou je pourrais vous aider aussi, la coupa Martin.

- Allez, filez ! Je vais me débrouiller tout seul, affirma Marc en leur faisant signe de s'en aller.

- J'espère que Noémie se souviendra de quelque chose. Elle est notre dernier espoir, murmura Gaby.

Le bistrot était un lieu de rendez-vous des habitants du village. Ils y croisèrent Lucas qui en sortait en trombe. Ce dernier poussa un cri de joie, et prit Martin dans ses bras.

- Oh Mec ! Je suis trop content de te voir. Je bouillais de monter là-haut pour te sortir de ton trou. Quelle idée de vivre comme un ermite.

Martin pouffa de rire.

- Justement, je voulais te contacter. J'aimerais faire des travaux. Pourrais-tu m'établir un devis, s'il te plaît ?

Lucas le regarda avec attention.

- Je vais faire mieux que ça. Je passerai dans la soirée, et on verra ça ensemble. Pour le prix, je ne te ferai payer que les matériaux, on te doit bien ça, dit-il en regardant sa canne tristement.

Martin allait s'offusquer, il ne voulait pas qu'on le prenne en pitié. Mais, en voyant le regard bienveillant de Lucas, il comprit que c'était aussi de la gentillesse. Qu'il était son ami de toujours, malgré toutes ces années sans la moindre nouvelle.

- Je ne veux pas que tu en sois de ta poche, précisa-t-il en regardant son ami.

Lucas éclata de rire.

- T'inquiète ! Les affaires marchent bien, et je suis tellement content de savoir que notre groupe se reforme comme au bon vieux temps, dit-il en lui tapant dans le dos. Bon ! J'y vais, mes équipes m'attendent.

- Tes équipes ?

- Eh oui ! J'ai fait du chemin tu vois. Les affaires roulent, conclut-il en lui faisant un clin d'œil, avant de continuer son chemin.

- C'est dingue. Cela me fait tellement plaisir de revoir tous les vieux amis, murmura ému Martin en pénétrant dans le bistrot qui n'avait pas changé depuis son enfance.

- Et même de revoir une vieille amie ? Demanda une voix près de la porte.

Martin se retourna brusquement avec émotion. Une très vieille dame, toute ridée portant un chignon sur le haut de la tête, le regardait avec attention. Les lunettes posées sur le bout de son nez, elle n'avait rien perdu de son air malicieux. Elle leur fit mine de s'asseoir en face d'elle.

- Tiens donc, Martin et Gaby comme au bon vieux temps. Vous étiez toujours collés ensemble avec Isabelle et Lucas. Comment tu vas mon petit ?

Martin se contenta de hausser les épaules. Noémie avec sa grande sagesse due à son âge vénérable, semblait lire dans l'âme des gens. Elle reporta son attention sur Gaby et poussa un long soupir.

- Quoi ? Interrogea cette dernière.

- Ça pique les yeux de bon matin. Même avec ma vue fatiguée. On ne t'a jamais dit, que le vert salade et le bleu électrique ne vont pas ensemble ?

Martin pouffa de rire. Il grimaça, car Gaby venait de lui écraser le pied sous la table.

- Je suis prof d'arts plastiques.

Noémie prit un air désespéré.

- Je sais, les pauvres petits.

Martin éclata de rire, comme beaucoup de clients autour d'eux. Gaby prit un air offusqué, en croisant les bras sur sa poitrine.

- La couleur c'est la vie. C'est quoi votre problème ?

- Trop de couleurs peuvent tuer, affirma Noémie en pointant son index sous le nez de Gaby, rouge de confusion. Martin se mordilla les lèvres, pour ne pas rire. Il décida d'en venir aux faits.

- Noémie, on a besoin de votre aide.

À ces mots, il capta l'attention de la vieille dame qui fronça les sourcils. L'impatience se lisait sur son visage ; elle brûlait de connaître la suite.

Gaby raconta leur découverte et Martin posa doucement le mouchoir sur la table.

D'une main tremblante, Noémie s'en empara. Elle le déplia délicatement ; ses longs doigts fins et parcheminés frémissaient sous l'émotion.

Elle poussa un petit cri, en voyant les mèches de cheveux, puis resta comme figée un long moment.

Gaby et Martin se regardèrent sans comprendre. La vieille dame se redressa et héla sa petite-fille.

- Valentine va me chercher s'il te plaît dans mon salon, mon album de photos. Le bleu ! Tu vois lequel je veux dire ?

Cette dernière hocha la tête et posa son torchon sur le comptoir, avant de disparaître à l'arrière du bistrot.

- Cela vous dit quelque chose ? S'empressa de demander Martin le cœur battant.

- Mon Dieu ! C'est si vieux, tout ça. Jamais, je n'aurais imaginé que ce jour viendrait, murmura-t-elle tristement en passant son doigt tremblant sur les initiales finement gravés. M- C, quelle triste histoire.

- Oh ! Vous savez qui est M-C ? C'est une dinguerie ! S'écria Gaby en sursautant sur sa chaise.

Martin lui, avait reporté son attention sur Valentine qui venait de déposer un très vieil album sur la table.

- On dit souvent qu'une vieille personne vit dans son passé, précisa Noémie en caressant la couverture de son album. Mais, voyez-vous cette histoire est si triste, qu'elle hante encore bien des familles.

- Ah oui ? Mais pourquoi ? S'empressa de demander Gaby.

- C'était il y a fort longtemps.

Tout en parlant, la vieille dame tournait les pages de l'album, s'attardant sur certaines photos, puis elle resta figée un long moment sur l'une d'entre elles, avant de faire pivoter l'album vers Gaby et Martin.

Ils se penchèrent avidement sur la photo. On y voyait un groupe de jeunes filles souriant à la vie. Elles devaient avoir environ dix-sept ans.

- Là, c'est moi, murmura Noémie, en montrant une petite brune au regard malicieux.

- Vous n'avez pas changé Noémie, affirma Martin en souriant.

- Quel beau menteur que celui-là, répondit Noémie en riant de plaisir.

- Non ! Je voulais parler de votre regard. Il a gardé cette étincelle malicieuse qui vous caractérise si bien.

La vieille dame porta une main à sa joue, flattée de ces compliments.

Elle pointa alors son index sur une jolie blonde, aux yeux clairs. Elle était absolument sublime. On ne remarquait qu'elle.

- C'est…. Commença Gaby avec émotion.

- Oui c'est elle, M-C ! Manon Camoin.

Gaby et Martin répétèrent le nom en se regardant. Tout heureux, d'avoir réussi à l'identifier, Manon ! Ils pouvaient enfin mettre un nom et un visage sur leur mystérieuse M-C.

- Une bien triste histoire, soupira Noémie.

- Comment ça ? Demanda intrigué Martin en fronçant les sourcils.

- On a trouvé son corps fin mai 1945. Au début, on a pensé à un accident et puis très vite la rumeur d'un meurtre s'est répandue dans le village.

- Quoi ? Un meurtre ? Ici ? Dans un si petit village, mais qui et pourquoi ? La coupa Gaby qui venait brusquement de se redresser sur sa chaise.

Les gens présents dans le bistrot, s'étaient regroupés autour de leur table, écoutant avidement le récit incroyable de Noémie.

- C'est ce qui est dramatique. On ne l'a jamais su, et ces questions me hantent depuis toujours. Vous savez, il faut se remettre dans le contexte de l'époque, c'était une période folle. Après la guerre, il y a eu beaucoup de règlements de comptes. Oh ! Ils ont bien fait une enquête, mais elle n'a jamais abouti. D'ailleurs, ce n'est pas le seul meurtre non élucidé. Un an auparavant, nous avions eu celui de ce jeune soldat américain. Une histoire bien étrange aussi.

- Quoi ? Deux meurtres ici ? C'est incroyable ! Vous ne sauriez pas par hasard quel était son nom ?

La vieille dame sembla chercher au fond de sa mémoire, puis secoua la tête tristement.

- C'est si loin tout ça. Et pourquoi vous intéressez-vous à ce soldat ?

Martin lui détailla alors tout le contenu de la boîte, car il ne lui avait parlé que du mouchoir.

- Mon Dieu, c'est fou, et quel était donc le nom de ce soldat sur la plaque ? Demanda Noémie avec curiosité.

- Ryan WILLIAMS ! Précisa Gaby.

Tous les gens autour d'eux répétèrent ce nom doucement, comme pour s'en imprégner.

- Alors Noémie cela te dit quelque chose ? Demanda l'un d'entre eux.

Gaby regarda Martin en souriant. Décidément, cette enquête passionnait les gens. Il faut dire que le triste destin de Manon semblait cacher bien des mystères.

- Peut-être… mais, je n'en suis pas certaine. Tu sais, dans le village à cette époque-là, on n'aimait pas parler de tous ces meurtres. C'était si… traumatisant.

- Comment ça ? L'interrogea Martin.

- C'était déjà choquant. Vous imaginez ! Ce pauvre soldat venu nous aider pour nous libérer, et voilà que quelqu'un l'avait assassiné. Sur le coup, nous avons pensé que le coupable ne pouvait être qu'un autre soldat, un règlement de compte entre eux. Dans le fond, cela nous arrangeait d'imaginer cela. Pourquoi aurait-on voulu tuer un libérateur ? On ne le connaissait même pas. Ce n'était pas logique.

Gaby haussa les épaules.

- C'est aussi une éventualité, et pour Manon, qu'est-ce que vous savez ?

- Alors là, il s'est passé quelque chose de bizarre. Justement, après le meurtre de l'Américain, Manon a totalement disparu.

- Elle avait disparu ? Mais, où ? Demandèrent en chœur Gaby et Martin.

- Dites ! Il n'y a personne qui travaille ce matin ? Demanda Valentine en voyant l'attroupement autour de la table de Noémie. Tous, lui firent le signe de se taire, tant l'histoire les passionnait. Elle haussa les épaules en soupirant. Mais, en entendant sa grand-mère évoquer une disparition, Valentine décida de prendre une chaise pour se joindre à eux.

- Et alors mamé ? Elle était où Manon ?

- Ses parents la séquestraient à la ferme. Justement celle que ton père a acheté Martin.

- Quoi ? Je vis dans la ferme des Camoin ? Dit-il en ouvrant de grands yeux.

- Eh oui ! Tu ne le savais pas ? C'est aussi pour ça qu'elle était à l'abandon depuis si longtemps. Cette histoire a marqué tout le village.

- Non ! Je n'en savais rien, je l'ai héritée de mon père. Je n'ai pas fait attention au nom des anciens propriétaires.

- C'est logique après tout. Tu as trouvé la boîte enterrée sur la propriété, murmura Gaby en mettant la main sur le bras de Martin, encore sous le choc de ces révélations.

- Mince ! Je n'ai pas entendu le début de l'histoire, se plaignit un client du bistrot.

On entendit un murmure de contestation.

- Lave tes esgourdes (oreilles), cria un client, provoquant un éclat de rire général.

Martin, résuma alors en quelques mots leur découverte pour les nouveaux arrivants.

- Alors Noémie, de quoi vous souvenez-vous ? Pourquoi ses parents la séquestraient-ils ?

- Avant l'assassinat nous étions un village sans histoire. Les jeunes se retrouvaient sur la place principale ou dans le bistrot de mes parents. Celui-là même, dit-elle en ouvrant grand les bras.

Gaby se mordilla les lèvres, semblant réfléchir intensément.

- Vous ne nous avez pas dit comment est mort ce soldat américain et… Manon ?

- Pff ! C'est si vieux. Lui, je crois… qu'il a été poignardé fin aout 1944 et Manon elle, ce serait un coup porté à la tête qui lui aurait été fatal.

- Vous pensez qu'il pourrait y avoir un lien entre les deux meurtres. Ils se fréquentaient ?

- Ma foi ! Tu m'aurais posé la question avant, je t'aurais répondu non ! Avec conviction. Mais, vu la découverte de cette plaque dans la boîte de Manon j'avoue que je doute. Ce qui…

Elle venait de s'interrompre brusquement, attisant la curiosité du groupe autour d'elle.

- Oh ! Dis mamé tu ne vas pas nous faire le coup d'Alzheimer maintenant. Tu en as trop dit. Alors… ce qui… quoi ? Insista Valentine avide de connaître la suite.

Tout le monde pouffa de rire.

- Hé ! Je ne fais pas Alzheimer. Tu crois que c'est facile de tout se remettre en tête. On te verra à mon âge, affirma la vieille dame en souriant à sa petite-fille.

Puis elle se tourna vers Gaby et Martin.

- Il y a eu beaucoup de rumeurs, comme toujours dans un si petit village. C'était la fin de la guerre. Un vent de liberté soufflait, et ces américains ils étaient si jeunes, si beaux. Ils avaient du chewing-gum et du chocolat. Vous imaginez après toutes ces années de privation. Elle soupira longuement. Oh ! Pétard, c'était dur de leur résister.

- Mais... tu l'as bien fait toi mamé, hein ? L'interrogea Valentine en l'interrompant.

- Quoi ? Résister ? Mouais.

- Eh bè ! Ça manque de conviction. Je vais me poser des questions sur mon père maintenant.

Toute l'assemblée éclata de rire.

- Oh ! Boudiou, tu m'escagasses là .Vu les notes que tu avais en anglais, je peux t'assurer que tu n'avais pas une goutte d'américain dans ton sang, ou dans ton ADN, précisa Noémie en souriant.

Valentine pouffa de rire. C'est vrai que l'anglais avait été sa bête noire pendant ses études, et tout le monde le savait.

- De quelles rumeurs parliez-vous ? Insista Gaby curieuse d'en apprendre plus.

- Dans le village, il y avait toujours eu des rivalités, des chamailleries. À l'époque les deux fils des familles les plus riches : Jean AUDIBERT et Albert GOUIRAN courtisaient Manon. C'était la plus jolie fille du village. Tout le monde pensait que cela finirait par un drame, qu'ils s'entretueraient. Manon était si belle, et un peu naïve. Mais, elle était très jeune. Comment lui en vouloir ? Ses parents étaient très sévères, et elle était flattée de l'attention de ces deux garçons. Elle jouait avec leurs sentiments, sans en avoir vraiment conscience.

Noémie poussa un long soupir.

- Avec le recul et mon âge, je me rends compte que c'était un jeu dangereux, elle les poussait à bout.

- Vous pensez que l'un d'eux, aurait pu tuer l'Américain ?

- Tuer l'Américain ? Et pourquoi ils auraient tué l'Américain ?

Martin mit les coudes sur la table et posa son menton sur ses mains croisées. Il prit la parole avec gravité.

- Peut-être que… finalement Manon aura cédé à ce soldat, repoussant ainsi ses deux prétendants.

- Ou alors… elle a joué un rôle dans sa mort, précisa Gaby.

- Non ! Impossible, la coupa Martin Elle parle de vengeance, de destin brisé. J'ai l'impression qu'elle devait tenir à lui.

- C'est vrai ! Sa lettre est si émouvante. Il y a juste une phrase, mais on ressent très fort toute sa peine, reconnut Gaby, d'une voix empreinte d'émotion.

- Justement, j'aimerais beaucoup voir l'ensemble des objets trouvés, Martin. Tu sais cette histoire me hante depuis si longtemps.

Noémie semblait contrariée par ce qu'elle venait d'apprendre

- Bien sûr, je reviendrai avec, c'est promis. Je l'avoue cette histoire me taraude. J'aimerais bien comprendre la raison de ces deux meurtres qui me semblent de plus en plus liés.

- Imaginons, qu'elle ait eu une aventure avec ce soldat. L'un d'entre eux aurait-il pu tuer l'Américain ? Insista Martin.

Noémie resta un long moment bouche bée.

- Pour l'Américain, nous n'avions pas fait le lien avec Manon. Nous ne savions pas qu'elle le connaissait. Tu es sûr, que c'est le même qui a été assassiné ?

- Nous le saurons bientôt. Marc enquête de son côté.

- Bien ! Il a raison, il faut être prudent. Cette histoire a fait beaucoup trop de mal. Après la mort de Manon, le village s'est déchiré.

- Comment ça ? Interrogea Martin perplexe.

- Tu penses bien, que le meurtre d'une enfant du village a fait couler beaucoup d'encre, même si à cette époque-là, l'omerta régnait. Les secrets étaient bien gardés, depuis toujours d'ailleurs. C'est quelque chose qu'on se transmet de génération en génération, même de nos jours. Personne ne voulait parler ouvertement, mais chacun avait son opinion. Certains, accusaient les AUDIBERT et d'autres les GOUIRAN. Cela a fait beaucoup de mal.

- Et vous, vous pensez que l'un d'entre eux aurait pu vouloir la tuer ?

- Oh Boudiou ! Certainement pas. Nous faisions tous partie de la même bande. On se chamaillait, mais de là à commettre un meurtre... Tu sais, quand je disais qu'ils s'entretueraient, je pensais à une bonne bagarre, rien de plus. J'étais jeune à cette époque-là, mais toutes ces disputes, cette façon de montrer du doigt, ou de mettre au ban du village, telle ou telle famille cela faisait mal. Je n'y croyais pas.

- Est-ce que l'un d'entre eux, avait changé d'attitude après le meurtre de Manon ? Interrogea Gaby en se mordillant les lèvres.

- Ma pauvre, tout le monde avait changé après le meurtre de Manon. C'était la libération. Jean AUDIBERT s'est engagé dans l'armée, il est mort en INDOCHINE, et Albert GOUIRAN lui, est devenu maire du village. Comme son petit-fils aujourd'hui, et il n'y a plus de descendants pour les familles CAMOIN et AUDIBERT ; leur lignée s'est éteinte, c'est bien triste.

Martin et Gaby se regardèrent un long moment en silence. Ils firent mine de se lever, mais Noémie mit sa main autour du poignet de Martin.

- Je… Je dois te dire quelque chose.

Devant son air peiné, Gaby et Martin se rassirent.

- Je ne vous ai pas tout dit.

- Comment ça ? Demanda Gaby étonnée.

- J'ai vu Manon, deux jours avant sa mort. J'étais tellement surprise, que je n'en revenais pas. Elle avait tellement changé. Elle n'était plus que l'ombre d'elle-même. Manon était très maigre, avec de grands cernes sous les yeux. Elle semblait hantée par quelque chose. Elle m'a dit, que son dernier espoir de bonheur venait de disparaître.

- Sérieux mamé ? La coupa Valentine.

Noémie hocha tristement de la tête.

- J'étais si jeune et stupide. Après une année d'absence, j'aurais dû la retenir, la serrer contre moi, lui demander ce qu'elle voulait dire, ce qu'elle ressentait. Mais, elle semblait si pressée... Alors, je l'ai laissée partir. Et moi, je suis restée là, figée, perdue au milieu de la route, le cœur en vrac à regarder son ombre s'effacer.

Noémie porta ses mains jointes à ses lèvres, son regard exprimait tant de peine, que Gaby sentit son cœur se serrer.

- Quand... quand j'ai appris son meurtre, je n'arrivais pas à y croire, j'étais si choquée. Je me sentais coupable, mais de quoi ? Je n'en savais rien. Je n'ai pas osé en parler, de peur d'être accusée. Après tout, j'étais à priori la dernière à l'avoir vue. Cette histoire avait pris une telle ampleur, et de toute façon je ne savais rien. Mais, si vous saviez comme je m'en veux depuis ce jour. Voilà pourquoi cette histoire me hante encore aujourd'hui. S'il vous plaît, tenez-moi au courant, implora-t-elle d'un regard embué de larmes trahissant à la fois son chagrin et ses regrets. Gaby et Martin en furent bouleversés, touchés en plein cœur.

Ils se levèrent et vinrent embrasser la vieille dame.

- Je reviendrai avec la boîte, et nous vous dirons tout ce que nous apprendrons. Mais… au fait, ses parents n'ont jamais voulu savoir la vérité ?

- Non ! C'est étrange. Ils vivaient reclus dans leur ferme. Ils sortaient très peu et ne parlaient à personne. S'ils savaient, ils auront emporté leur secret avec eux dans la tombe.

- et s'ils savaient ? Répéta Martin subitement pris d'un doute. Est-ce que son père aurait pu tuer sa fille pour… une question d'honneur ?

Noémie secoua la tête doucement.

- C'était leur fille unique, j'en doute. Ils ne vivaient que pour elle. Mais… la question d'honneur était à cette époque-là essentielle. Vous comprenez pourquoi j'en ai assez de me poser autant de questions, de vivre avec des doutes, cela fait quatre-vingt ans que j'y pense. J'ai besoin de connaître la vérité, avant de tirer ma révérence.

- Hé mamé ! Ça ne va pas de parler comme ça, murmura Valentine émue en voyant sa grand-mère aussi affligée par ces découvertes.

Après les dernières embrassades, ils quittèrent le bistrot dans un état de confusion totale.

- Mince, alors, je ne m'attendais pas à ça, murmura Gaby toujours sous le choc.

- Pour comprendre, nous devons déjà savoir si Ryan est bien ce fameux soldat assassiné. Si ça se trouve, il est retourné chez lui et a vécu sa vie tranquillement.

Gaby haussa les épaules.

- Tu as raison, ne tirons pas de conclusions hâtives, Marc aura peut-être des infos intéressantes à nous transmettre.

Ils se regardèrent en souriant, et hâtèrent le pas.

En ouvrant le petit portillon, Gaby poussa un hurlement, Sherlock se tenait aux côtés de Marc, qui gisait au sol. Martin, vit la tronçonneuse à essence posée près d'eux sur la pelouse, qui continuait de faire un bruit infernal. Il se précipita pour l'arrêter.

- Ah ! Vous tombez à pic, gémit Marc, en tenant son bras serré contre lui.

Le sang figea Martin sur place, ravivant en lui de mauvais souvenirs. Ce fut la voix inquiète de Gaby qui le fit réagir.

- Que s'est-il passé ? Demanda anxieusement Gaby, en repoussant le chien.

- Je suis tombé, et ce pauvre Sherlock essaye de m'aider à me lever. Mais, mes jambes flageolent. C'est…

Le regard de Gaby venait de se poser sur l'échelle, dont un barreau était cassé.

- Bon sang ! Marc elle est trop vieille cette échelle.

- Oui ! Je viens de m'en rendre compte. Aide-moi à me lever Martin.

- Il faut aller à l'hôpital, tu as perdu trop de sang, murmura Gaby les yeux embués de larmes.

- On prend ma voiture, annonça Martin, en se dirigeant vers son véhicule, tout en soutenant Marc.

Gaby était en train d'envelopper le bras de Marc, dans une grosse serviette.

- On ne peut pas laisser Sherlock et Picasso ensemble, c'est risqué non ? Je vais l'enfermer dans une chambre.

- Non ! C'est inutile, précisa Martin. Je m'occupe de Marc. Toi, tu restes ici. Tu sais comment sont les urgences… Je n'aurai même pas le droit de l'accompagner. Ça ne sert à rien qu'on soit là-bas tous les deux à attendre impuissants, dans ce hall froid et impersonnel.

- Oui mais …

- Ne t'inquiète pas. Je te tiendrai au courant, conclut Martin en passant tendrement sa main sur la joue humide de Gaby.

Martin n'avait jamais roulé aussi vite. Le teint blême de Marc l'inquiétait. Heureusement, il fut rapidement pris en charge. Ce qui était un véritable miracle en cette période estivale, et il put prévenir Gaby pour la rassurer.

Au bout d'un long moment, l'infirmière raccompagna Marc auprès de Martin. Mais, ses propos le laissèrent sans voix.

Les évènements prenaient une nouvelle tournure. Il resta figé une éternité. Le regard rivé sur Marc, comme s'il cherchait à comprendre, à deviner ce qu'il lui cachait depuis si longtemps. Son souffle était suspendu, son cœur battant trop fort dans sa poitrine, mais il eut du mal à s'exprimer. Peut-être, Parce qu'il connaissait déjà la réponse, et appréhendait de l'entendre à haute voix.

Il prit une grande inspiration et demanda à l'infirmière de répéter. Son regard fixé sur Marc, il étudiait chaque expression de son visage, il le vit se mordiller les lèvres.

Les deux hommes s'observaient dans un silence lourd, presque oppressant. L'infirmière, déconcertée, tournait la tête de l'un à l'autre, incapable de saisir ce qui se jouait sous ses yeux.

Puis Marc comprit. Martin savait ! Il avait deviné la vérité.

Un frisson glacé lui parcourut l'échine. Honteux, il baissa la tête, incapable d'affronter ce regard chargé de reproches. Ses jambes flageolèrent sous le poids du secret dévoilé, et il dut s'appuyer sur le mur pour ne pas vaciller.

CHAPITRE 7

- Vous... vous pouvez répéter ? Excusez-moi d'insister, demanda Martin le cœur battant.

L'infirmière en souriant, se tourna vers Marc.

- Je disais à votre ami, qu'il a eu beaucoup de chance. Rien de grave n'a été touché, avec une tronçonneuse c'est un miracle. Il s'en sort avec quinze points de suture. Il s'en souviendra. Il en gardera un souvenir marquant. Mais, heureusement sans conséquence, et tant mieux, car s'il avait fallu le transfuser nous aurions eu un gros problème. Nous n'avons pas d'A Négatif en notre possession. Il a perdu beaucoup de sang, ne le laissez pas seul surtout, et au moindre problème, contactez son médecin traitant, ou bien revenez nous voir. Tout est expliqué dans son dossier.

Dans un état second, Martin remercia les soignants et s'éloigna avec Marc qu'il soutenait.

- Comment vas-tu Marc ?

- J'ai connu des jours meilleurs. Mais, tu es si pâle toi aussi. Tu es sûr de pouvoir conduire. Cela a réveillé de mauvais souvenirs, je suppose.

Martin prit une grande inspiration. Il avait tant de questions qui se bousculaient dans sa tête. Il ne comprenait plus rien. Toutes ses certitudes s'effondraient. Il avait besoin de réponses. Mais, d'un autre côté Marc semblait bien fatigué. Ce n'était peut-être pas le meilleur moment pour les aborder.

Il aida son ami. Ce terme venu spontanément à son esprit, l'étonna. Mais, dans le fond, Marc au cours des derniers jours était bel et bien devenu son ami. Il ne voyait plus en lui le professeur, mais l'homme discret, effacé, toujours prêt à aider les autres. Alors... pourquoi ?

Il prit place derrière le volant et malgré lui, il tapa des deux mains dessus faisant sursauter Marc.

- J'ai compris aujourd'hui quelque chose d'important. Mais… pourquoi Marc ? Pourquoi avoir caché la vérité à Gaby ? Je…je m'étais trompé sur toute la ligne.

Marc ouvrit grand la bouche. Il ne s'attendait pas à ça. Honteux il baissa tristement la tête.

- Comment ? Mais, en comprenant qu'il le mettait au pied du mur, qu'il attendait des explications, il se mordilla les lèvres avant de reprendre d'une voix submergée par l'émotion. J'ai… toujours pensé que tu avais dû voir quelque chose ce jour-là.

Il soupira doucement.

- C'est … compliqué.

Martin eut un rire triste.

- C'est l'excuse que je sors aussi, quand on m'interroge sur mon passé. C'est une manière d'esquiver. Marc, elle a le droit de savoir.

- J'ai promis Martin. Cela me ronge de l'intérieur, mais, j'ai promis.

- À qui ?

- Sandra ! La maman de Gaby, avoua-t-il tristement.

Martin comprit à quel point cette promesse lui coûtait. Il revoyait la scène à laquelle il avait assisté bien des années auparavant. Il en avait tiré des conclusions hâtives, et le cœur battant il réalisa qu'il avait commis une grosse erreur. Les faits apparaissaient sous un angle nouveau, qu'il n'aurait jamais imaginé. Tout s'embrouillait dans sa tête. Il avait besoin de comprendre. Mais, en voyant le teint blême de son ami, il décida de ne pas insister. Marc était déjà bien affaibli, il ne voulait pas abuser.

Il mit le moteur en marche et dans un silence pesant, il quitta le parking. Ce fut Marc qui prit la parole, peut-être pour briser cette ambiance glaciale.

- Vous avez appris des choses avec Noémie ?

- Noémie ? Ah oui ! Beaucoup de choses. Notre enquête avance bien, et toi Marc ? Demanda-t-il en le tutoyant pour la première fois.

Marc lui sourit, en faisant un signe de négation de la tête. Il était heureux de voir que leur relation évoluait.

- Et ? Tu ne veux rien me dire ?

- On va attendre Gaby. Sinon elle m'en voudra, jusqu'à mon dernier souffle. Au fait Marc, je… je suis désolé de t'avoir brusqué. C'est juste que…

- Non ! Tu as eu raison. Tu sais Marc, je porte en moi ce secret depuis si longtemps, qu'en fait cela me détruit petit à petit. Le problème, c'est que je ne sais pas comment lui dire, j'ai tellement peur de sa réaction. Tu la connais.

Martin pencha la tête en grimaçant. C'est vrai Gaby était entière, elle serait blessée d'avoir été abusée, manipulée. Peut-être même qu'elle ressentirait cela comme une trahison. Mais, Martin connaissait Marc depuis longtemps maintenant et il savait au fond de lui que le plus blessé dans cette histoire cela devait être son professeur. Cet homme attentionné qui n'était que gentillesse envers ses élèves. Instinctivement il savait qu'il n'était coupable de rien, et que Gaby finirait par le comprendre.

- Le poids des secrets ! Murmura Martin en souriant tristement. C'est fou Marc, que cela soit avec cette enquête pour meurtre de…

- Meurtre ? répéta Marc en ouvrant de grands yeux.

- Oui ! Mais ce n'est pas la peine de me cuisiner, je ne dirai rien, tu attendras Gaby. Oui, je disais, on se rend compte du poids des secrets sur la vie des gens, à quel point malgré le temps qui passe, l'impact reste fort.

- C'est vrai, avoua Marc en soupirant. Un secret, c'est par définition quelque chose que l'on désire cacher, dissimuler aux autres, sans réaliser que plus le temps passera, plus il pèsera sur notre conscience. Mais, révéler un secret peut blesser, alors on hésite, on cogite, et cela nous ronge terriblement.

- Il faut s'en libérer. C'est ce que j'ai compris aujourd'hui avec Manon CAMOIN.

- Ah ! Elle s'appelait Manon, le coupa Marc avec un grand sourire. On a bien avancé.

- Eh flûte ! Gaby va me tuer. Ne lui dis rien surtout.

- Promis ! Croix de bois, croix de fer, affirma-t-il en faisant un signe en l'air avec son index, avant de s'arrêter brusquement.

- Oh non ! Voilà qu'on crée un nouveau secret, pouffa de rire Martin. Marc, on va tous les abolir de nos vies. Il est temps de s'en libérer.

- Plus que temps ! Confirma son ami, heureux tout à coup. Mais… accorde-moi juste quelques jours, pour bien me préparer. D'accord ?

- Bien sûr, voyons. Il faut te retaper, et puis nous avons cette enquête à mener. Marc… je t'aiderai si tu veux. Je serai présent, pour raisonner Gaby si besoin.

Marc mit sa main valide sur celle de Martin en remerciement.

Gaby les attendait devant le portail et se précipita vers Marc, les yeux embués de larmes.

- Mon Dieu, il m'a prévenue qu'on avait dû te mettre quinze points. C'est terrible. Tu dois avoir drôlement mal.

Marc esquissa un sourire fatigué. Il se dirigea vers son fauteuil favori sur la terrasse. Sherlock s'approcha doucement pour renifler son bandage et Marc en profita pour lui caresser la tête de sa main valide.

- Merci, mon gros. Tu es resté près de moi pour me réconforter. Tu es un chien incroyable.

- Oh ! Les chats aussi sont capables d'aider, précisa Gaby en caressant Picasso qui venait de s'installer sur ses genoux.

- Picasso, était à côté, c'est vrai. Elle regardait d'un air désolé, ne sachant comment m'aider. Tu sais ces animaux sont très sensibles, et ressentaient ma souffrance. Sers-moi un verre de jus de fruits, s'il te plaît Gaby. Je meurs de soif, et j'ai hâte d'en apprendre plus sur votre enquête. Il paraît que vous avez bien progressé.

Gaby tout en servant Marc, jeta un regard furibond à Martin, qui mit les mains devant lui en guise d'excuse, tout en riant.

- Mais non je n'ai rien dit. Je te connais trop bien.

Elle pouffa de rire, et commença son récit, devant un Marc médusé.

- C'est fou ! Des meurtres ici ? Et si ça se trouve notre Ryan est le soldat américain assassiné. Mais là, ne nous emballons pas, je n'ai pas reçu leur coup de fil. C'est peut-être juste une coïncidence.

- Moi je l'ai reçu, minauda Gaby avec un petit sourire en coin. Tu avais laissé ton téléphone sur la table, et quand il a sonné j'ai pensé que cela pouvait être important.

- Et alors ? La coupèrent les deux hommes en même temps.

- Vous voulez encore un verre ? Demanda-t-elle d'un air moqueur.

- Bon sang ! Gaby accouche, qu'est-ce qu'ils ont dit ?

- Eh ! Surveille tes manières Martin COMES, précisa Gaby en se renfonçant dans son fauteuil. Donc, j'ai eu une discussion très intéressante. Ryan a encore un frère, John, âgé de quatre-vingt-dix ans, qui lui aussi désire connaître la vérité sur l'assassinat de son frère aîné.

- Donc Ryan est bien notre soldat assassiné ?

- Eh oui ! Il avait écrit une lettre à sa famille, pour les informer qu'il avait rencontré une jeune française, dont il était tombé éperdument amoureux.

Gaby eut une expression triste sur son visage, elle soupira longuement.

- Je… Je suis émue par leur histoire d'amour brisé. On le pressentait qu'il devait y avoir un drame. Mais, que tous les deux meurent ainsi, assassinés… c'est si injuste. Nous devons savoir qui a fait ça ? Nous devons leur rendre justice. Qui a bien pu commettre ces crimes ? Jean AUDIBERT ? Albert GOUIRAN ? Ou bien les propres parents de Manon ? Et pourquoi ?

Martin se pencha, et mit sa main sur celle de Gaby. Lui aussi, voulait connaître la vérité. Il la devait à Noémie, à John, et puis à Manon et Ryan. Rien n'est pire que de ne pas savoir ce qui a bien pu se passer. Ils méritaient de connaître la vérité, de dénoncer le coupable. Il vit Gaby le fixer avec attention, mais il n'arrivait plus à la regarder dans les yeux. Elle avait toujours su lire en lui, et il ne se sentait pas très fier de lui faire encore des cachotteries. Il déglutit avec peine.

Marc se tourna vers Martin, et poussa un long soupir.

- Quelle étrange affaire. Mais, je trouve que nous avons sacrément avancé. Nous enquêtons maintenant sur deux meurtres.

- Oui mais là, nous sommes dans une impasse, affirma Martin.

- Pas forcément, il y a sûrement un indice qui nous permettra d'avancer.

- Lequel ? Le coupa Gaby avec espoir.

- Là j'avoue, je suis fatigué. J'ai du mal à réfléchir. Laissons- nous un peu de temps.

Martin regarda son téléphone, en voyant l'heure il se leva.

- Tu t'en vas ?

- Lucas doit passer après son travail, pour évaluer les travaux, me faire un devis. Je ne veux pas le faire attendre.

Gaby raccompagna Martin jusqu'à son véhicule.

- Tout va bien ?

- Oui pourquoi ? Demanda-t-il le cœur battant.

- Tu m'as tout dit concernant l'état de santé de Marc ?

Martin soupira intérieurement. Pour l'instant, il arrivait encore à faire diversion. Mais, pour combien de temps ? Il demanderait à Marc de lui parler au plus vite.

- Oui ! Ne t'inquiète pas. Il lui faut juste du repos et ses médicaments pour la douleur. Mais, nous avons tout pris avant de venir, donc tranquillise-toi.

Il se pencha et l'embrassa sur la joue, son parfum floral, l'enivra comme au bon vieux temps, il resta figé une seconde. Sa mémoire avait enfoui au plus profond de lui cette senteur unique, il en ferma les yeux de bonheur, le temps semblait s'estomper, puis il se redressa brusquement. Il y avait encore trop de secrets entre eux, ils avaient tant de choses à régler. Il siffla Sherlock et s'éloigna sans se retourner.

Gaby pressentait qu'il lui cachait quelque chose, mais quoi ? Martin était un être si fascinant, très timide dans le fond, très réservé. Mais, d'une sincérité incroyable. Il ne savait pas exprimer ses sentiments avec les autres, mais avec elle, il avait toujours été authentique. D'un regard ils se comprenaient, ou moins jusqu'à aujourd'hui. Elle fronça les sourcils, demain elle le titillerait. Il ne lui résisterait pas longtemps, elle découvrirait ce qui le tracassait.

En arrivant devant sa maison, Martin aperçut une camionnette au nom de l'entreprise LC, il se gara juste à côté et sortit avec un grand sourire.

- Dis donc, LC, ça en jette. Mais, pourquoi C.

- Lucas Construction ! Eh oui tu vois, j'adorais fabriquer des cabanes et j'ai continué en changeant de matériaux.

Lucas tapa un grand coup dans le dos de Martin avant de se raviser d'un air piteux.

- Oh ! Mince je suis désolé. J'espère que je ne t'ai pas fait mal ?

- Non ! T'inquiète. En fait, depuis que je me suis installé ici, c'est comme si je revenais à la vie, et surtout …

- Depuis le retour de Gaby dans ta vie, le coupa Lucas en riant. C'est fou le destin quand même. Voilà que vous revenez tous les deux dans notre village au même moment. Si ce n'est pas un signe ça ! Alors je n'y comprends plus rien.

Martin fronça les sourcils. C'est vrai que le destin semblait jouer avec eux. Mais, pour une fois, cela le rendait profondément heureux. Bien sûr, lui aussi avait des secrets à avouer, pour alléger sa conscience, et enfin se libérer d'un passé bien trop lourd à porter.

- J'ai fait le tour de la maison avant que tu n'arrives. Il y a du boulot, mais cette maison a un sacré potentiel.

Martin émergea brusquement de ses souvenirs, et ouvrit la porte pour permettre à Lucas d'estimer au plus près l'ampleur du désastre.

Ce dernier siffla entre ses dents, Martin esquissa une grimace.

- Je sais, c'est un peu effrayant.

- Un peu seulement ? Se moqua Lucas en riant. Tu sais, j'ai vu pire.

Il s'empressa de monter à l'étage, inspecta chaque espace, jusque dans les combles. Martin, s'était installé sur la terrasse, préparant l'apéritif tout en jetant des amuse-gueules à Sherlock. Il réalisa que Lucas appuyé contre le chambranle de la porte, l'observait en silence.

- Tu veux rester définitivement, ou bien c'est juste pour en faire une résidence secondaire ?

Martin, secoua la tête énergiquement en poussant un grand soupir. Il fit signe à Lucas de s'asseoir près de lui.

- Non ! Je ne partirai plus jamais.

Il regarda droit devant lui, semblant oublier la présence de Lucas, tout en caressant son brave Sherlock.

- Ma vie est ici, je n'ai plus de famille.

- Mais, tu as encore ta mère ? Le coupa Lucas.

Martin sembla prendre conscience de la présence de son ami. Il continua tristement.

- Ma mère a refait sa vie avec un collègue de travail, et elle a tiré un trait définitif sur sa vie d'avant. Dès que j'ai commencé à travailler, elle est partie.

- Quoi ?

- Oui ! Elle avait rempli son devoir. Elle a estimé que je devais voler de mes propres ailes. Comment peut-on faire cela, Lucas ?

Ce dernier semblait atterré par ces révélations.

- J'ai du mal à y croire. Tu sais, ma famille est tellement présente dans ma vie. C'est maman qui gère toute ma paperasserie, et ma comptabilité, car Isa déteste cela. Elle s'occupe déjà de l'accueil à la mairie, elle ne voulait pas en rajouter une couche. Alors, imaginer qu'une maman puisse te tourner le dos, c'est terrible. Mais… après le drame elle était bien à tes côtés non ? Demanda-t-il doucement en regardant la canne de Martin.

- Elle a téléphoné, a pris trois fois de mes nouvelles. Elle… n'est jamais venue me voir, avoua-t-il tristement. C'est papa qui est resté à mon chevet tous les jours, dormant sur un fauteuil. Tu sais… dit-il en s'arrêtant brusquement écrasé de chagrin, sa voix se brisa.

Lucas mit sa main sur l'épaule de son ami pour le soutenir.

- Il a été formidable, il ne m'a jamais quitté. Tu te rends comptes, quand maman a demandé le divorce, il a dû vendre sa maison d'ici qu'il aimait tant. Tout ça pour ne pas me quitter. Il a tout fait pour se rapprocher au plus près de nous. Il était si fier de mon parcours, et…

- Martin il t'aimait, il aurait donné sa vie pour toi.

- C'est ce qu'il a fait, Lucas, c'est ce qu'il a fait. Je suis resté dans le coma trois mois, il ne m'a pas quitté, il s'est épuisé. Il allait prendre sa retraite, et il a acheté cette maison pour me donner un but dans la vie. Je n'avais plus envie de rien. Je ne voyais même pas pourquoi je devais continuer à vivre. Je souffrais tellement.

Lucas sentit ses yeux s'embuer, en imaginant tout ce que son ami avait traversé. Il reporta de nouveau son attention sur Martin, qui continuait son récit.

- Papa a pensé que cette maison me ramènerait à la vie, que le fait de revoir tous mes amis d'avant me ferait du bien. Tous ces projets, tous ces actes ont toujours été pour m'aider, et si tu savais comme il parlait avec amour de cette maison. Il avait tellement de projets en tête. Sa joie était contagieuse. Petit à petit j'ai commencé à espérer, à me battre pour revenir, pour vous retrouver, redevenir l'homme que j'étais. Pour reconstruire l'enfant en moi qui était brisé.

Lucas ému, se leva et enlaça, son ami, des larmes coulaient sur leurs joues.

- P..in mec, tu me fais pleurer. Si Isa voyait cela, elle se moquerait de moi. Promets-moi, de ne jamais lui en parler.

Martin eut un petit rire triste, encore un secret. Mais, celui-là ne lui pèserait pas sur la conscience.

- J'aurais tellement aimé restaurer cette maison avec papa, comme il en rêvait. Ce n'est pas juste Lucas, il n'a pas profité de sa retraite. Il s'est tellement inquiété pour moi, qu'il en a négligé sa santé, et son cœur n'a pas tenu.

- C'était un homme bien. Nous l'aimions tous ton père. Tu sais, on va t'aider à réaliser son rêve, car après tout ! Ce que voulait vraiment ton père, c'était de te voir de nouveau heureux ici !

Martin fronça les sourcils. Oui c'est vrai, son père voulait surtout qu'il retrouve sa joie de vivre, qu'il profite de la vie. Cette maison était la première pierre de sa nouvelle existence.

- Bon ! J'ai des idées, car elle a du potentiel.

Lucas commença à dessiner la maison. Il lui expliqua ses projets et Martin fasciné l'écoutait attentivement, l'interrompant de temps en temps pour donner son avis, modifier un plan.

- On va créer une immense pièce au rez-de-chaussée, avec une cuisine ouverte, et on va apporter de la lumière. Isa te dirait que la luminosité c'est la vie. Tu auras de grandes baies vitrées sur la terrasse, et cette vue magnifique, dit-il en ouvrant grand les bras sur la prairie et le bois que l'on apercevait au fond.

Martin n'en croyait pas ses yeux. Il voyait enfin son projet évoluer.

- Tu as une idée du chiffrage ? Demanda-t-il anxieusement.

Lucas, lui indiqua une fourchette de prix plus que raisonnable. Ce qui le fit sourire.

- Je te l'ai dit, on t'aidera. Je ne prends que le prix des matériaux. Nous affinerons les chiffres, mais c'est dans cet ordre de grandeur.

La nuit commença à tomber doucement, apportant une fraicheur bien agréable. Ils parlèrent longtemps du bon vieux temps, de leurs amis, de ce qu'ils étaient devenus. Lucas se mordilla les lèvres en fixant Martin.

- C'est quand même étrange que le destin vous ramène toi et Gaby en même temps ici.

Martin eut un doux sourire sur le visage.

- Tu as le même air niais que quand tu avais quinze ans, se moqua Lucas.

Martin lui donna un petit coup dans le bras en riant.

- C'est dingue ! Gaby, ma Gaby, après tout ce temps elle n'a pas changé.

- Tu imagines ? Elle aurait pu être mariée.

À cette évocation, le cœur de Martin s'emballa. Il ressentit une violente douleur comme un coup au plexus. Lucas, vit la peur dans le regard de son ami, et posa sa main sur son bras pour le rassurer.

- Eh ! Le destin vous offre une nouvelle chance. Ce n'est pas donné à tout le monde. Vous êtes tous les deux libres, et quand on vous voit ensemble, on perçoit de l'électricité dans l'air. Alors, cette fois-ci personne ne pourra se mettre en travers de votre chemin.

Martin s'humecta les lèvres. C'est vrai, le destin pouvait se montrer étrange parfois, séparant des êtres qui s'aimaient et puis il leur offrait une seconde chance, quand ils n'y croyaient plus.

- En plus, quand elle verra la maison de rêve qu'on va faire. Crois-moi elle sera folle de joie, pouffa de rire Lucas qui se leva pour donner une dernière accolade à son ami.

- Martin tu fais partie de cette terre, de ce lieu, et cette enquête incroyable est tombée à pic pour vous rapprocher. Isa n'arrête pas de m'en parler. J'espère que vous arriverez à savoir qui a bien pu tuer ces deux personnes, c'est tellement tragique. Les gens ne parlent plus que de ça dans le village.

Martin hocha de la tête doucement. Il avait raconté à Lucas, leurs découvertes, les mystères qui entouraient cette histoire du passé. Il raccompagna Lucas à sa voiture et regarda les feux du véhicule disparaître dans la nuit.

Il leva la tête vers ce ciel étoilé qu'il aimait tant. Oui, Lucas avait raison, il appartenait à cette terre, celle de ses ancêtres, et en repensant au projet magnifique de Lucas, il ne put s'empêcher de sourire. Il avait des étoiles plein les yeux. Il allait renaître avec cette maison. Il ressentait un lien profond, qui l'unissait à Manon. Après tout elle avait vécu ici.

Une question le hantait, comment allait-il pouvoir trouver un nouvel indice, car il le pressentait Manon n'avait pas tout dévoilé.

Pourquoi en était-il aussi persuadé ? Il ne le savait pas, l'instinct probablement, ou bien cette maison qui agissait sur lui.

Dès qu'il avait vu cette ferme abandonnée, il avait su qu'elle était spéciale. Mais, il ne se doutait pas des secrets qu'elle cachait. Il mit sa main sur la pierre qui encadrait la porte d'entrée.

- Toi aussi, tu vas renaître et tu vas retrouver le bonheur. Je le sens tu vas nous protéger, comme nous te protégerons. Nous sommes unis, et liés à cette terre. Allez, viens Sherlock, dit-il en riant car ce dernier penchait la tête en observant son maître, probablement étonné de le voir parler à une pierre.

Il monta se coucher. Mais, il n'arriva pas à s'endormir, il était hanté par ce qu'avait dit Noémie, une phrase bien étrange de Manon au sujet de son dernier espoir de bonheur qui venait de disparaître. À quoi pouvait-elle donc bien faire allusion ?

CHAPITRE 8

Le lendemain matin, ce fut la voix de Gaby qui le tira de son sommeil. Sherlock fou de joie, se précipita vers la porte en aboyant, tandis que Martin, les cheveux en bataille, émergeait difficilement, étouffant un bâillement si grand qu'il en eut presque mal à la mâchoire. Pourtant, à sa grande surprise, une bouffée de bonheur l'envahit, aussi douce qu'inattendue. Et puis, il la vit.

Son cœur s'emballa aussitôt. Une chaleur soudaine lui monta aux joues, et instinctivement, il porta ses mains à ses yeux, comme pour se protéger d'une lumière trop vive, trop éclatante.

- Holà ! Tu l'as trouvé dans un surplus de matériel de cirque, murmura-t-il en riant.

Gaby avec sa joie de vivre communicative, fit une pirouette pour faire admirer sa jolie salopette rouge pompier, imprimée de pois blancs, au style éclatant et ludique, parfaite pour un clown ou un artiste de cirque.

- J'ai fait une affaire.

- Tu m'étonnes. Ils devaient être drôlement contents de s'en débarrasser. Qui porterait un truc pareil ? Aïe !

Gaby venait de lui donner un petit coup sur le bras. Elle se pencha vers Sherlock et le caressa longuement.

Martin recula pour la laisser entrer, et se dirigea vers ce qui ressemblait le plus à une cuisine. Un petit coin aménagé avec une table.

- Tu veux un café ?

- Bien sûr ! J'ai amené les croissants.

- Hum ! Sherlock va engraisser.

Ce dernier aboya de mécontentement, ce qui les fit rire.

- Nous avions rendez-vous ? Demanda Martin en se grattant la tête, cherchant dans sa mémoire, ce qu'ils avaient décidé la veille.

- Pas du tout, mais je te l'ai dit, je suis là pour t'aider, et comme notre enquête est au point mort, autant avancer dans les travaux. Tu as vu Lucas ?

- Oh oui ! S'écria joyeusement Martin, qui déroula les dessins de son ami. Lui expliquant les travaux envisagés, le temps de réalisation et le coût approximatif.

Gaby ouvrit grand les yeux. Elle n'avait pas réalisé tout le potentiel de cette maison délabrée.

- Waouh ! Tu vas te retrouver avec un palais sur ta colline. C'est fou, je n'en reviens pas, et on peut aider ?

- Oui ce serait bien de retirer le vieux papier peint à l'étage. Il veut tomber ce mur, dit-il en montrant du doigt un dessin de Lucas, il va créer une suite parentale, et il restera deux grandes chambres avec une autre salle de bains. C'est incroyable, je n'en rêvais pas autant.

- C'est un magicien. Tu sais, il a à son actif de sacrés projets. Tu as beaucoup de chance de l'avoir pour ami.

- Oui… Reconnut Martin dans un souffle, en baissant tristement la tête. Son regard se perdit un instant, alourdi par le poids des regrets. Je m'en veux, d'être parti comme un voleur, il y a treize ans, si… Sa voix se brisa légèrement.

Il secoua la tête de tristesse.

- J'ai dû décevoir tellement de personnes.

- Eh ! Ne recommence pas. Tu vivais une situation difficile. Tu as fait ce que tu jugeais le mieux pour toi à ce moment-là. Treize ans ont passé, mais ce qui importe, c'est que tu sois enfin de retour parmi nous !

Martin la fixa un long moment avec une telle intensité, que Gaby en frissonna. Il prit une grande inspiration.

- Je vais me préparer, nous avons beaucoup de boulot.

Il entraîna Gaby à l'étage. Mais, elle resta figée devant une chambre. Martin, l'observa en fronçant les sourcils. Elle semblait tout à coup attristée, sans qu'il en comprenne la raison.

- Tu réalises Martin ? Regarde le papier peint, c'était probablement la chambre de Manon. La grande pièce au fond devait être pour ses parents, et l'autre pour sa grand-mère, car j'ai appris qu'elle vivait avec eux. Mais, celle-ci était probablement la sienne. J'ai découvert que cette maison était abandonnée depuis la mort des parents. Je... Elle s'humecta les lèvres. Je ressens sa tristesse. J'aimerais tellement résoudre son meurtre et celui de l'homme qu'elle aimait. Qui a pu faire cela Martin ?

Il se contenta de hausser les épaules, en soupirant.

- Tu as sûrement raison, cette chambre devait être pour elle. Il pénétra dans la pièce, et posa délicatement la main sur le papier défraîchi, dont les teintes fanées et les motifs floraux semblaient figer la pièce dans un passé mystérieux. Sous ses doigts, la texture rugueuse et fragile évoquait une époque révolue, comme si le mur lui-même retenait le souffle des souvenirs. Il avait l'impression de se connecter avec Manon.

Il soupira longuement, ému par cette chape de chagrin qu'il percevait.

- Dans cette affaire, nous avons pour l'instant plusieurs suspects. Ses deux amoureux éconduits. Par passion, on peut en faire des choses, ou bien ses parents. À cette époque-là, l'honneur était important.

- Ils auraient pu tuer leur fille unique ? Demanda tristement Gaby.

Il pencha la tête, semblant réfléchir intensément.

- Le problème, c'est qu'on ne les connaissait pas. C'est difficile d'avancer sans avoir plus d'indices. En fait, les propos de Noémie me hantent.

- Lesquels ?

- Quand elle a parlé de son dernier espoir.

- Oui, de quoi voulait-elle parler ?

- Je n'en sais rien, mais c'est étrange. J'aimerais résoudre ce mystère, pouvoir aller au bout de cette enquête.

Il étira ses muscles douloureux, en prenant une grande inspiration, comme pour clarifier ses pensées.

- Allez Gaby ! Peut-être qu'en travaillant nous aurons une idée.

- Eh bien ! On va devoir en retirer du papier peint, pour avoir la science infuse.

Martin pouffa de rire. Ils travaillèrent côte à côte, comme au bon vieux temps. De temps en temps ils se racontaient des anecdotes.

- Ah ! Au fait, à midi on mange avec Marc. Il a dit qu'il voulait me parler de quelque chose d'essentiel. Tu sais de quoi il s'agit ? J'ai l'impression que son accident l'a touché, plus qu'on ne le pensait. Depuis hier, je le trouve stressé. De temps en temps il me lance des regards furtifs, mais il a l'air si angoissé, que je n'ose pas l'interroger. Je ne sais pas quoi faire, avoua-t-elle en haussant les épaules de désespoir.

Martin, qui grattait le mur avec une spatule, s'arrêta brutalement. Il se mordilla les lèvres, le cœur battant. Probablement que Marc avait enfin trouvé le courage de lui parler. Mais, comment allait réagir Gaby ? D'un air inquiet, il pivota et se retrouva face à elle, qui le fixait de son doux regard, semblable à celui d'une biche aux abois.

Martin baissa les yeux. Il ne voulait pas la laisser deviner son trouble.

- Il te le dira à midi. Ne te tracasse pas les méninges à l'avance. Eh ! Ce ne serait pas une excuse pour t'accorder une pause ?

Gaby ne put s'empêcher de rire.

- C'est vrai, qu'il commence à faire très chaud, c'est la canicule, dit-elle en passant ses mains sur sa nuque humide. Elle avait une queue de cheval très haute, qui lui donnait un air juvénile, qui le fit sourire.

- Bon ! J'ai compris, on arrête pour l'instant. Allons à la rivière. Tu t'en souviens ?

- Notre rivière ? Demanda Gaby en fronçant les sourcils.

- La même. Elle passe juste à côté de la maison. J'ai déniché un petit endroit de rêve. Il y a suffisamment d'eau pour se rafraîchir, et Sherlock va apprécier lui aussi.

Ce dernier se mit à aboyer joyeusement. Ils posèrent leurs outils et descendirent les escaliers, pressés d'aller se rafraîchir. Gaby suivait de près Martin. Il avait toujours besoin de sa canne, mais il semblait s'y appuyer moins lourdement, ce qui la fit sourire de plaisir. Au bout d'un petit sentier, elle poussa un petit cri.

- Mon Dieu, c'est le paradis. Mais, pourquoi personne n'en parle ?

- C'est sur mes terres, et je suppose que les anciens propriétaires voulaient garder cet endroit juste pour eux.

Gaby observa chaque détail. Les arbres qui se reflétaient sur l'eau fraîche, donnaient un aspect féérique au lieu, les buissons encadraient de gros rochers plats. Elle s'extasia, en découvrant une petite crique de gravillons qui ressemblait à une plage privée. Elle roula le bas de son pantalon et avança dans l'eau en gémissant de bonheur. Martin l'observait en souriant, il la suivit.

- Eh ! Tu aurais pu remonter ton pantalon, tu vas être trempé.

Il haussa les épaules.

- Avec cette chaleur, je vais sécher en deux minutes. Attention tu …

Il ne put finir sa phrase Gaby en se retournant venait de glisser sur une pierre et tomba dans l'eau en riant. Martin lui tendit la main pour la relever. Sa Gaby ne changerait jamais. Quoi qu'il arrive, elle gardait le sourire. C'est ce qui l'avait toujours fasciné chez elle.

Leurs regards s'accrochèrent en silence, captivés par la même flamme ardente qui brûlait en eux. Martin avait tellement envie de l'enlacer. Mais, il y avait encore trop de secrets entre eux, des non-dits. Il se racla la gorge et recula doucement, tout en gardant sa main dans la sienne.

- On devrait y aller, si on veut se sécher avant d'aller retrouver Marc. Il siffla Sherlock qui jouait dans l'eau près d'eux, essayant d'attraper un malheureux poisson, réfugié sous un caillou.

Ils décidèrent de se sécher sur la terrasse. C'était un de ces moments parfaits. Le soleil les réchauffait, et une boisson bien fraîche les comblait de bonheur. Martin ne pouvait s'empêcher de la dévorer des yeux. Peu importe ce qu'elle racontait, sa voix l'envoutait, le charmait. Il réalisa qu'elle lui décrivait son parcours professionnel.

- Toi prof ! J'ai encore du mal à réaliser.

- Eh oui ! Et je m'éclate.

- En fait, cela te ressemble bien. Mais, qu'en pensaient tes parents ?

Gaby se redressa brusquement sur sa chaise, en crispant ses épaules.

- Maman m'a soutenue, mais papa était furieux. Il espérait me voir prendre une voie scientifique comme lui, car il apparentait les arts plastiques à un loisir inutile. Nous avons eu de nombreux accrochages et… je l'avoue, j'ai dû prendre mes distances avec lui, il méprisait mes choix professionnels. Elle étouffa un sanglot avant de poursuivre. Si tu savais comme j'e m'en veux maintenant.

Martin l'enlaça tendrement et la pressa contre son épaule. Il décida de la dérider un peu, elle semblait si affectée tout à coup, il voulait la réconforter, ramener un sourire sur son visage si délicat.

- Toi prof de maths ? Non mais sérieux, Gaby ? Les arts plastiques, c'est tout toi ! Ton côté créatif, coloré peut s'exprimer librement. Je te retrouve bien dans cette matière. Tu laisses libre cours à ta créativité, ta joie de vivre. Les maths, oh non ce n'est pas pour toi. Tu t'imagines devenir aussi grincheuse que lui, aïe !

Gaby en riant, venait de lui tapoter le bras.

- Depuis ton retour, j'ai des hématomes sur tous les bras, se plaignit Martin en exagérant sa grimace.

- Petite nature.

Gaby regarda son téléphone.

- On devrait y aller. Marc va s'inquiéter et il va vouloir tout installer. J'ai tout préparé avant de venir, afin qu'il puisse se reposer au maximum.

Martin tâta son pantalon, qui était bien sec. Il pivota sur lui-même faisant pouffer de rire Gaby. Puis il siffla Sherlock.

- Allez mon gros, on y va.

- On prend la mienne ?

- Pas question ! Répliqua Martin d'un air faussement horrifié. J'ai mis des heures à me déplier. Mon dos s'en souvient encore.

- Quel cinéma. Tu mérites un oscar, Martin COMES.

Martin ne pouvait s'empêcher de sourire, et en repensant à la réflexion de Lucas, il pouffa de rire.

- À quoi tu penses ?

- Lucas a fait une remarque, sur mon air niais, depuis que je suis revenu.

- Ah bon ! Mais je croyais que c'était ton air naturel, se moqua Gaby, avec un petit sourire en coin.

Martin grimaça, la faisant éclater de rire. Elle lui tira la langue, comme lorsqu'ils étaient enfants. Il était heureux. Oui, il avait retrouvé cette insouciance.

De nouveau, il se réjouissait de tous les petits bonheurs de la vie. Lui, qui vivait en permanence avec l'impression d'avoir la tête embrumée dans un nuage noir venait de voir son ciel prendre soudainement des couleurs, tout lui paraissait plus simple. Lucas avait raison, cette terre était indispensable à son bonheur et son père le savait.

Ils firent le trajet jusqu'à chez Marc dans une ambiance joyeuse. Sherlock s'empressa d'aller faire la fête à Marc qui les attendait sur la terrasse. Il avait l'air stressé, angoissé et Martin mit la main sur l'épaule de son ami pour l'apaiser.

- Si on mangeait ? J'ai une faim de loup, dit-il en aidant Gaby à tout porter sur la table.

Gaby raconta leur matinée de travail, comme pour essayer de briser des silences tendus. Mais, elle ne pouvait s'empêcher de lancer des regards furtifs vers Martin. Tout à coup à la fin du repas, Marc posa sa main valide sur celle de Gaby.

- Je… je dois te parler.

Devant son air sérieux, celle-ci ne put s'empêcher de blêmir.

Martin se leva.

- Je vais préparer le café. Je vous laisse entre vous.

- Martin non …

- C'est mieux Gaby. Je suis juste à côté.

Il prépara le café, tout en écoutant leur conversation. Il percevait l'angoisse de son ami. Comme cela devait être difficile de révéler la vérité après toutes ces années. Il se mordilla les lèvres, inquiet de la réaction de Gaby.

- Je… Oh ! Ce n'est pas facile, Gaby, mais Martin a raison je dois te parler.

- Martin ? Qu'est-ce qu'il vient faire dans cette histoire ? Et de quoi veux-tu me parler ?

Marc baissa la tête et resta un long moment silencieux, semblant chercher ses mots. Il releva la tête prit une grande inspiration et la fixa intensément.

- Tu le sais, j'ai toujours vécu auprès de tes parents.

Elle se contenta de hocher la tête.

-Je ne sais même pas par où commencer, avoua-t-il tristement.

Il prit de nouveau une grande inspiration.

- Le mieux c'est que je me lance directement. Pardonne-moi Gaby, je vais probablement être maladroit, te peiner, mais… tu dois savoir.

- Gaby inquiète, sentit son cœur battre sourdement. Elle déglutit avec difficulté, appréhendant à l'avance ses révélations.

- Nous… donnions l'illusion d'une amitié parfaite, mais c'était loin d'être le cas.

Il grimaça, comme s'il avait du mal à parler. Elle vit des gouttes de sueur perler à son front. Il ferma les yeux, et se lança.

- C'était un trio infernal, dit-il dans un rire triste qui en disait long.

Gaby ouvrit grand la bouche.

- Infernal ? Répéta-t-elle comme choquée par le choix de ce mot.

- J'aurais dû partir loin, m'éloigner d'eux. J'ai gâché ma vie, mais je ne pouvais pas faire autrement. Marc, prononçait les mots avec rapidité, comme s'il ne pouvait plus s'arrêter, rattrapé par ses angoisses.

- Gâcher ta vie ? Mes parents ? Mais, pourquoi ? Je croyais que vous étiez amis depuis toujours.

Marc secoua tristement la tête.

- Non ! Murmura-t-il d'une voix si triste, que Martin en frissonna.

- J'étais le jouet de ton père. Je ne pouvais pas m'éloigner car… Il s'arrêta brusquement en grimaçant.

- Son jouet ! Mais qu'est-ce que tu racontes ? Murmura Gaby consternée.

Martin l'encouragea par la pensée. Comme cela devait être difficile, après toutes ces années à garder au fond de soi un tel secret. Il l'observa discrètement. Il se tenait penché sur sa chaise. Son corps exprimait tant de douleur.

- Je… Il s'humecta les lèvres avant de reprendre. Ton père savait, voilà pourquoi il me tenait.

- Il savait quoi ? Demanda Gaby d'une voix émue.

Il vit Marc fixer intensément Gaby en se pinçant les lèvres. Un long silence régna, seulement troublé par le chant des oiseaux nichés dans l'arbre voisin.

- Je suis… ton père biologique.

Martin entendit la chaise raclée le sol. Gaby venait de se lever brusquement. Il la vit trembler de tous ses membres. Il décida d'intervenir et la rejoignit sur la terrasse. Il voulut mettre les mains sur ses épaules, mais elle le repoussa rudement.

- Tu mens ! Ne salis pas la mémoire de mes parents. Tu n'en n'as pas le droit. Maman aimait papa. Jusqu'à son dernier souffle, elle l'a aimé. Jamais elle ne l'aurait trompé. Et… et toi Martin que viens-tu faire dans cette histoire ? Je ne comprends plus rien. Qu'est-ce qui vous prend de mentir ainsi ? Demanda-t-elle en éclatant en sanglots. Perdre les deux en même temps, ce n'est pas suffisant ? Je ne souffre pas assez peut-être ?

Les deux hommes se regardèrent intensément. C'était pire que ce qu'ils avaient imaginé. Ils comprirent qu'ils venaient de détruire toutes les illusions de Gaby.

Elle devait ressentir une telle douleur.

Courageusement Marc reprit la parole. Il sentait qu'il devait aller au bout, avant de craquer à son tour. C'était le moment ou jamais de raconter la vérité. Après, il n'en n'aurait certainement plus le courage.

- Martin a compris hier, lorsque l'infirmière a parlé de mon groupe sanguin.

- Quoi ? Quel groupe sanguin ? Quel est le rapport ? Hurla Gaby au bord de la crise de nerf.

- Hier l'infirmière a parlé du groupe A négatif, reprit Martin doucement comme pour l'apaiser. Et c'est étrange, car lorsqu'on a trouvé la plaque militaire de Ryan tu as dit que tu étais justement A négatif.

- Et alors ? Comme des millions de personnes certainement.

Martin secoua la tête doucement.

- Moins de sept pour cent seulement. Cela m'a choqué, et j'ai compris que… il s'interrompit brusquement.

- Tu as compris quoi ?

- Il y a treize ans, lors de notre dernier cours. J'avais oublié mon classeur dans la classe. Tu t'en souviens ?

Gaby fronça les sourcils, en hochant la tête, ne comprenant pas où il voulait en venir.

- J'ai surpris une scène étrange. J'ai…J'ai vu ta mère avec Marc, avoua-t-il en s'humectant les lèvres.

Pour lui aussi, c'était difficile de révéler ce secret qu'il gardait depuis si longtemps.

- Il suppliait ta mère. Il l'a enlacée et embrassée.

Gaby ouvrit grand la bouche, furieuse tout à coup.

- Et tu ne m'as rien dit ?

- Non ! Hurla à son tour Martin. Mes parents se séparaient. Je savais ce que cela risquait de provoquer. Tu crois que je voulais te voir vivre le même enfer que moi ? Tout perdre du jour au lendemain ? Te retrouver dans une ville que tu détesterais, entourée d'étrangers. Perdre tous tes amis. Tu crois que c'est ce que je voulais pour toi ?

Gaby se retourna vers Marc. Elle avait besoin d'exprimer toute sa colère.

- Et tout ce temps, tu as joué à l'ami parfait, l'oncle dont on rêve. Tout ce temps tu m'as trahie ? Mais, comment as-tu pu Marc ? Je te faisais confiance

Elle prit une grande inspiration. Elle voulait retrouver le contrôle de ses émotions.

- De toute façon je ne vous crois pas. Vous mentez tous les deux, et je ne sais pas pourquoi.

Gaby se mit à courir vers le portail, qu'elle claqua furieusement derrière elle.

Marc accablé, essuya une larme sur sa joue.

- J'aurais dû me taire.

- Non Marc. Cela n'a que trop duré, et puis cela aurait pu être pire, dit-il en tapotant l'épaule de son ami pour le réconforter.

- Elle me déteste. Je vais perdre Gaby. Martin… je ne le supporterai pas. Je me suis sacrifié toute ma vie pour elle. J'ai accepté de vivre dans l'ombre, de me mettre en retrait. Mais, imaginer ma vie sans elle, je ne le peux pas. Il mit sa main valide sur son visage et pleura comme un enfant.

Martin s'accroupit à ses côtés.

- Je vais la voir et lui parler. Elle m'écoutera.

- Tu ne sais même pas où elle est partie.

Martin eut un petit sourire en coin.

- Gaby, est mon âme sœur. Je ressens ses sentiments, et je sais où elle a été se réfugier. Laisse-moi faire, dit-il en se relevant.

Marc mit sa main sur son poignet.

- Ramène-là, s'il te plaît, ramène-là.

Martin s'éloigna vers le portail, en sifflant Sherlock qui avait observé la scène sans comprendre.

- Allez Sherlock, il va falloir faire preuve de délicatesse. Gaby souffre, je vais avoir besoin de ton aide.

Ce dernier lécha la main de son maître, comme pour le réconforter.

Martin réalisa qu'il était parti sans prendre sa canne. Il ressentit d'abord un sentiment de peur, puis se redressa. Lui, aussi, avait ses propres démons à combattre.

Il prit un petit sentier, menant à la rivière. C'était un endroit escarpé, qui lui demanda des efforts. Il fut ému en retrouvant leur lieu de ralliement, celui de leur enfance. Il leva la tête vers un arbre, Lucas y avait fait une cabane, et il ne put s'empêcher de sourire. C'est fou ! Il avait déjà en lui une âme de bâtisseur. Il entendit le bruit de l'eau, et observa avec attention autour de lui.

Gaby était assise sur un gros rocher plat, d'où ils sautaient pour plonger quand ils étaient enfants.

Sans un bruit, il prit place à ses côtés, et Sherlock posa sa patte sur Gaby, qui renifla doucement.

- Comment m'as-tu retrouvée ?

- Hum ! Réfléchissons. Tu n'as pas de logement puisque tu vis chez Marc, et puis j'avais un atout.

- Quel atout ? Interrogea-t-elle en essuyant ses joues mouillées de larmes.

- Sherlock ! Je lui ai demandé de retrouver la fée des croissants.

Malgré elle Gaby pouffa de rire, avant de reprendre d'un air furieux.

- Je te déteste.

Martin se mordilla la joue.

- Tu sais que c'est faux.

- Tu savais ! Affirma-t-elle d'un ton accusateur.

- Non ! J'étais confus. À quinze ans, je n'avais pas compris la scène. Je l'ai vue sous un éclairage différent hier.

Il prit une grande inspiration, puis se mordilla la lèvre. Il devait convaincre Gaby en douceur, la raisonner. Il fallait trouver les bons mots pour apaiser sa peine immense. Son univers venait d'imploser. Elle devait se sentir si perdue.

- Quand Marc suppliait ta mère, je croyais qu'il voulait qu'elle quitte ton père et… je lui en ai voulu, c'est vrai. Je le détestais pour tout le mal qu'il te faisait. Mais, en fait, d'après les mots entendus, j'ai compris, qu'il insistait pour qu'elle te révèle la vérité. Il voulait t'apprendre qu'il était ton père véritable.

Gaby éclata en sanglots et Martin sentit son cœur se briser. Il détestait la voir dans cet état.

- Gaby, tu ne pouvais pas continuer à vivre dans un tel mensonge. La vérité est parfois douloureuse. Mais, elle est nécessaire pour avancer, se reconstruire. Et…

- Et quoi ? Demanda-t-elle tristement.

- Je crois que Marc a assez souffert comme ça. Tu imagines ce qu'il a enduré jour après jour ? De vivre auprès de sa fille, sans jamais pouvoir lui révéler le lien qui vous unissait ?

- Mais pourquoi ? Je ne comprends pas. Toute ma vie n'est qu'un mensonge Martin, toute ma vie ! Je ne sais même plus qui est mon père.

- Marc ! C'est Marc !

Elle renifla doucement en mettant sa tête sur l'épaule de Martin.

- Pourquoi tu n'as rien dit il y a treize ans ?

- Quand j'ai surpris cette scène, j'ai ressenti une violente colère. J'en voulais à Marc terriblement. Je ne voulais pas que tu vives ce que j'endurais et… Je savais que jamais je ne pourrais te regarder dans les yeux en te cachant un tel secret. J'étais si stupide, cette situation me dépassait, surtout avec ce que je vivais à ce moment-là. J'ai cru qu'en fuyant, je t'épargnerais la douleur. J'ai supplié ma mère de me prendre avec elle. J'ai fait beaucoup de peine à mon père, mais je ne pouvais pas te mentir Gaby. Non ça, je ne pouvais pas. Cela aurait entaché notre relation, notre lien.

Il poussa un long soupir à fendre l'âme.

- J'ai fui ! Je n'en suis pas fier, mais je n'ai trouvé que cette solution.

Gaby l'écoutait la bouche grande ouverte.

- C'était pour… me protéger ?

Il hocha doucement la tête.

- Je ne voulais pas partir. J'avais insisté auprès de mes parents pour passer un dernier été avec vous tous.

- Tu t'es sacrifié pour moi ? Insista-t-elle le cœur battant.

- J'avais quinze ans et… Il s'interrompit brusquement.

Il essaya de se lever, mais dut s'y reprendre à plusieurs fois. Gaby se leva et l'aida. Il regarda autour de lui, cherchant dans sa mémoire, puis il sourit en tendant l'index vers un vieux chêne immense.

- Viens ! Tu comprendras. Ce soir-là, en rentrant à la maison, j'ai supplié ma mère de m'emmener avec elle. Son départ était prévu pour le lendemain matin. Elle était ravie, mais j'ai peiné mon père terriblement. Je ne pouvais rien dire, car tu sais pourquoi maintenant. Mais, je savais que je laissais mon cœur derrière moi, et j'ai déposé quelque chose, comme une trace.

Il se tourna vers elle, une telle émotion émanait de tout son cœur que Gaby se mit à trembler.

- Gaby, dit-il en prenant ses mains dans les siennes. Je n'avais que quinze ans, mais j'avais déjà une certitude, je voulais revenir ici, car c'était là que mon cœur se trouvait.

Il se pencha au pied du vieux chêne majestueux. Le tronc était creux. Il s'accroupit péniblement et enleva un tas de pierres, puis il mit sa main dans le trou et il en ressortit une petite boîte.

- La fameuse capsule temporelle ? Demanda doucement Gaby.

- Oui ! Tu te souviens ? On devait en faire une avec Isabelle et Lucas, mais mon départ précipité, a tout gâché. Cependant je ne pouvais pas partir, sans en faire une, et c'est dingue que personne ne l'ait découverte, dit-il d'une voix joyeuse.

Gaby s'accroupit à ses côtés, et le regarda l'ouvrir délicatement. Il en sortit une série de photos, protégées par un plastique. On y voyait toute la bande.

- Comme nous étions insouciants. Regarde, Lucas et Isabelle et toi et moi, les inséparables.

- Oh ! Cela ne serait pas mon chouchou violet que j'aimais tant ? Demanda-t-elle en se saisissant d'un objet au fond de la boîte.

- Lui-même. Je te l'avais chipé. Il était tombé pendant un cours de sport avec madame LEGRAND. Tu te souviens d'elle ? C'était ta matière favorite.

Elle ria de bon cœur. Tout le monde savait qu'elle détestait le sport.

Tout à coup, elle se mordilla les lèvres et le regarda avec gravité.

- Pourquoi Martin ? Pourquoi tout ça ? Murmura-t-elle d'une voix voilée par l'émotion.

- Car je n'étais peut-être qu'un ado mais… je savais que je laissais mon cœur ici. Je t'ai toujours aimée, Gaby, d'aussi loin que je m'en souvienne.

Gaby laissa les larmes couler sur ses joues. Elle se lova contre lui, abolissant tous ces mensonges, ces non-dits. Elle voulait juste sentir son amour, sa tendresse, son réconfort.

Délicatement il redressa son menton, et l'embrassa comme un homme amoureux, passionné, qui avait brimé ses sentiments bien trop longtemps. Gaby sentit une envolée de papillons dans son ventre, un éclat rose lumineux emplit son esprit. Son Martin l'embrassait comme elle en avait toujours rêvé. Ce n'était pas que ses fantasmes d'adolescente, non ! C'était un amour pur et sincère. Un destin brisé par des adultes inconscients de leur souffrance.

Martin lui caressa les cheveux comme pour l'apaiser.

- Martin je…

- Chuuuut ! Pas maintenant. Mais, tu sais enfin ce que je ressens pour toi. Gaby je ne veux plus de cachoteries entre nous. Je dois encore t'avouer quelque chose, mais asseyons-nous si tu veux bien. J'ai oublié ma canne pour te rattraper.

Gaby ouvrit grand les yeux, et l'aida à s'asseoir. Ils s'appuyèrent contre la souche du vieux chêne, témoin de leur amour.

- Cet arbre restera mon préféré à jamais. Il a gardé tes secrets et il est le témoin de nos retrouvailles.

Martin éclata de rire, heureux et libéré de ce terrible poids. Puis tout à coup, il se crispa.

- Mais, Gaby, tu as raison ! Nous avons tous un endroit préféré où l'on cache nos secrets, nos rêves, nos… désespoirs.

Elle fronça les sourcils ne semblant pas comprendre.

- Qu'est-ce que tu veux dire ?

- Et si ? Et si ce vieux pommier tout desséché était l'endroit secret de Manon, et si elle y avait caché d'autres indices, ou d'autres secrets ?

- Quoi ? Tu veux, dire qu'elle aurait pu y enterrer autre chose ?

Il haussa les épaules.

- J'ai du mal à l'imaginer avoir des cachettes secrètes un peu partout. À mon avis, c'était là ! Uniquement là.

- Tu… Tu veux qu'on y retourne ? Demanda-t-elle en faisant mine de se lever.

- On ira. Mais, j'ai quelque chose d'important à te dire avant. Gaby je t'aime dit-il en mettant sa main sur sa joue, ses yeux brillaient de mille feux, et elle sentit son cœur s'embraser en un éclair. Elle se lova de nouveau dans le creux de son épaule.

Martin prit une grande inspiration, elle tourna la tête pour l'observer, mais fut choquée par la détresse qui se reflétait dans son beau regard vert.

- Martin si c'est trop…

Il lui pressa la main.

- Oui c'est douloureux. C'est un peu comme une chaîne qui m'entrave le cœur. Un poids qui me pèse de plus en plus lourdement et qui m'empêche d'être heureux.

Il poussa un soupir si triste, qu'elle ressentit sa peine au plus profond de son être.

- En fait je n'en n'ai pas le droit.

- Comment ça ? Tu n'as pas le droit d'être heureux ?

- Je ne suis pas le héros, que tout le monde imagine.

- Martin, non ne dis pas ça. Bien sûr que tu es un héros. Tu es un policier blessé lors d'une mission. Tout le monde t'admire pour ça.

- Non ! Dit-il dans un long sanglot. Tu ne comprends pas ? Tout est de ma faute.

Gaby s'agenouilla pour prendre son visage entre ses mains. Elle ressentait toute sa douleur.

- Martin COMES ne dis plus jamais une telle horreur. Je sais que tu es un homme d'honneur, un homme bien.

- Quand tu sauras toute l'histoire, tu ne penseras plus la même chose de moi, et… j'ai peur Gaby.

Il la regarda si intensément, qu'elle en trembla.

- J'ai peur, reprit-il, de ton regard sur l'homme que je suis réellement.

- Martin j'ai confiance en toi. Rien ne pourra me détourner de toi. Parle je t'en prie.

Il leva les yeux vers le ciel, et sembla se replonger dans son passé si douloureux. D'une voix émue, il commença son récit.

- Ce fameux soir, nous avions presque fini notre service. On rentrait au commissariat, lorsque nous avons reçu un appel. Rémi, qui était près de moi voulait juste rentrer chez lui. Il venait de m'annoncer, d'une voix pleine de joie et d'émotion, qu'il allait être papa pour la première fois dans quelques mois.

- Rémi, c'est celui qui est décédé ? Demanda doucement Gaby.

Martin se contenta de hocher la tête.

- C'était un appel à l'aide. On venait de signaler qu'une femme âgée se faisait agresser sur un trottoir. Je ne pouvais pas ignorer cet appel. Alors, j'ai insisté auprès de Rémi, pour qu'on intervienne. Nous étions les plus proches, et cela ne nous retarderait pas trop.

Il secoua la tête de désespoir.

- Juste une dernière mission, murmura-t-il doucement d'une voix brisée.

Il se tut un long moment, semblant revivre les évènements.

- Nous étions presque arrivés sur les lieux, lorsqu'à un carrefour, un camion fou à surgi subitement. Il nous a percutés violemment, je ne l'ai pas vu nous foncer dessus.

Martin se tut un moment prenant de grandes inspirations. Revivre ce drame devait beaucoup lui coûter. Gaby lui pressa la main tendrement pour l'encourager.

- La voiture a fait plusieurs tonneaux. Nous étions complètement sonnés. J'ai vu un gars sortir du camion et se diriger vers nous. Je croyais à ce moment-là qu'il s'agissait simplement d'un accident. Mais… tout à coup j'ai vu son arme. Il… il a tiré une balle dans la tête de Rémi qui s'est affaissé sur moi.

- Oh mon Dieu Martin. Murmura Gaby en pleurant.

- Je… Je ne voyais presque plus rien. Du sang coulait sur mon visage et mon bassin était bloqué par mon volant. Ce gars est passé devant notre véhicule. Il m'a fixé… Mon Dieu Gaby, il était si jeune, à peine dix-huit ans. Mais, il y avait une telle haine dans son regard

Il fixa intensément Gaby, essayant de lui transmettre son ressenti.

- Il ne me voyait pas en tant qu'humain. Non ! Je n'étais qu'un flic. Un flic à abattre.

Son regard était empreint d'une telle souffrance, qu'elle eut du mal à respirer.

- Il n'y avait aucune compassion. Juste une haine féroce. Une rage si puissante, que je l'ai ressentie dans tout mon corps. Son regard haineux, me hante encore certaines nuits.

Gaby pleurait en silence. Elle baissa la tête attendant la suite.

- Il a contourné le véhicule et m'a visé. J'ai prié Gaby, pour la première fois de ma vie, j'ai prié. J'ai vu le moment où il allait tirer. J'ai fermé les yeux. J'ai entendu une détonation et j'ai bien cru que ma dernière heure avait sonné.

Il se frotta les mains nerveusement, hanté par ces images du passé.

- J'ai pensé à Rémi, à son bébé qui ne connaîtrait jamais son papa à cause de moi. J'ai imaginé le chagrin de mon père. J'ai revu ce petit village de Provence où j'avais été si heureux.

Il reporta de nouveau son attention sur elle. Des larmes brillaient dans son regard. Il déglutit avec peine avant de poursuivre.

-Et c'est à toi, Gaby, que sont allées mes dernières pensées. Cela n'a duré qu'une fraction de seconde, mais j'ai vu défiler ma vie. J'ai ressenti une violente douleur au thorax, et puis plus rien.

- Oh ! Martin, pourquoi tant de haine ? C'est horrible.

- J'ai appris plus tard qu'une équipe était arrivée en renfort, et avait abattu le tireur au moment où il allait me loger une deuxième balle. Ils en voulaient à la police, car nous étions intervenus à plusieurs reprises pour mettre fin à leur trafic de drogue dans ce quartier. C'était une vengeance. On avait détruit leurs points de deal. Ils voulaient se « faire » des flics en représailles.

Martin étouffait comme à chaque fois, qu'il revivait cette scène.

- Ils n'ont plus rien d'humain Gaby. Ils n'ont plus de conscience. Plus aucune notion du bien et du mal. Ce sont des tueurs, et depuis ce jour, je doute.

- Mais de quoi ?

Il secoua tristement la tête.

- J'ai perdu la foi dans mon métier. Dans la nature humaine. Je me suis perdu Gaby.

Cette dernière pleurait en silence, n'osant interrompre Martin.

- Je suis resté dans le coma trois mois. Papa ne m'a pas quitté. Le gars m'avait tiré dessus, la balle est passée tout près de ma colonne vertébrale. J'avais le bassin fracturé par le volant et un gros choc à la tête. Ils ont cru que je ne pourrais jamais remarcher, que tout était fini. Mais, papa lui, m'a impulsé une force inouïe. Il m'a obligé à me battre. Sans lui… je n'en serais pas là, je l'aime tant, dit-il en sanglotant.

Gaby se pencha, mit sa main derrière sa nuque et attira la tête de Martin contre son épaule, pour le laisser pleurer. Ce qu'il s'était interdit de faire pendant bien trop longtemps.

- Il t'aimait Martin, comme moi je t'aime. Et arrête de culpabiliser. Tu n'as fait que ton travail. Tu as voulu porter assistance à une victime. Tu ne pouvais pas imaginer que c'était un guet-apens. Que tu allais tomber sur un psychopathe, et la jeunesse n'est pas une excuse. Un homme armé, qu'il ait dix-huit ans ou trente ans, c'est un tueur de sang-froid. C'est lui, le monstre Martin. Il aurait pu te tuer également. Tout ça pour leur sale trafic ! Pour du fric. Tu n'es en rien responsable de la mort de Rémi.

- Oui mais…

- Arrête ! Tu peux trouver mille raisons de te culpabiliser. Tu es un flic Martin et un bon flic, qui n'a fait que son boulot. Tu es un héros. Mon héros, dit-elle en l'embrassant tendrement.

- Je n'avais plus envie de vivre. Je m'en voulais tellement pour Rémi.

Il la regarda tendrement.

- Sa femme a eu un petit garçon. Quel gâchis Gaby.

Il posa de nouveau sa tête contre celle de Gaby, entrelaçant ses doigts aux siens.

- Papa a compris à quel point je m'en voulais. Il ne m'a jamais interrogé. J'avais tellement honte.

- Mais honte de quoi ? D'avoir fait ton travail, et uniquement ton boulot ? Ton père ne t'a rien demandé, car il n'a jamais douté de toi, comme moi Martin. On sait qui tu es, et il en faudrait des milliers comme toi, prêts à tout sacrifier pour les autres.

Il se contenta de hausser les épaules. Mais, voir la colère de Gaby. Son soutien indéfectible, lui réchauffa son cœur glacé. Depuis si longtemps, il portait en lui cette culpabilité. Il reporta son attention sur elle.

- Papa a compris que tous mes souvenirs heureux étaient ici. Voilà pourquoi il a voulu acheter cette vieille maison aussi délabrée que moi… C'est fou Gaby, j'avais autant besoin de me reconstruire qu'elle, et comme ce lieu, j'avais des secrets, une âme à soulager.

Elle eut un sourire triste.

- Gaby, dit-il avec ferveur, nous devons aller au bout de cette enquête. J'ai compris à quel point c'est essentiel, de connaître la vérité, de découvrir le coupable, même si c'est douloureux. Avant de revenir ici, je suis allé voir la veuve de Rémi et…

- Oh ! Le coupa-t-elle. Inquiète de la réaction de cette pauvre femme.

- J'ai vu son petit garçon. Elle lui a donné le prénom de son père, Rémi. Elle…

Il s'humecta les lèvres.

- Elle m'a pris dans ses bras en pleurant. Elle a compris, et ne m'en veut pas, Rémi était aussi passionné que moi. Comme toi, elle m'a répété que je n'avais fait que mon travail. Mais, franchement Gaby pour un salaire de misère, on se met en danger, ainsi que nos proches. Les gens voient ces drames dans les journaux, aux infos à la télé et puis… ils passent à autre chose. Qui se soucie vraiment de ce que nous vivons après, du poids du traumatisme que nous avons à porter, de tout ce que nous avons perdu ? Souvent, je me suis demandé si tout ça en valait le coup ? Tu vois… j'ai perdu le feu sacré. Je ne sais plus pourquoi j'ai choisi ce métier, avoua-t-il d'une voix empreinte d'un chagrin immense.

- Bien sûr, que c'est important. Les policiers sont notre dernier rempart face à ces barbares, Martin. Il faut des hommes courageux comme Rémi et toi. Vous êtes indispensables. Certains critiquent, mais quand ils en ont besoin ils sont les premiers à vous appeler à l'aide. Tu es un homme d'honneur, et tu as bien fait d'aller voir sa femme. Cela t'a soulagé ?

Il hocha la tête.

- Oui, j'avais peur, mais elle a été admirable. Elle avait besoin de connaître la vérité. Nous en avons tous besoin, et c'est aussi valable pour toi.

Gaby détourna le regard. Elle se mordilla les lèvres en repensant aux révélations de Marc.

- Je ne sais plus qui je suis Martin, ni qui sont mes parents. Je ne comprends plus rien. Ma vie a implosé. Je me sens si perdue.

- Je suis là moi, et Marc aussi. Mais…

- Mais quoi ?

- Je pense que, par loyauté envers ta mère, il ne te dira pas tout. Tu veux connaître la vérité ? Demanda-t-il en se redressant difficilement, et en lui tendant la main.

Gaby resta figée un moment. Voulait-elle vraiment connaître tous les détails de son passé ? Était-t-elle prête à juger ses parents ? À renier toutes ses certitudes. Elle sentait son cœur battre furieusement dans sa gorge.

- Gaby ce sera douloureux. Mais, cette enquête hors du temps, et mon passé, m'ont fait comprendre que c'est important pour avancer dans sa vie. On doit se libérer de tous ces secrets, ces mensonges. C'est insidieux, mais cela te ronge de l'intérieur. Cela empêche de s'épanouir pleinement. Il est temps de s'en libérer.

- Mais, si… Martin et si je me sens encore plus mal après ?

Il posa tendrement sa main sur sa joue pour en essuyer les larmes qui coulaient.

- Alors, je t'aiderai à te relever, comme tu m'aides en ce moment. Tu n'es pas seule Gaby. Je resterai à tes côtés. Nous mènerons cette enquête ensemble.

- Mais, comment savoir la vérité ? Et pourquoi Marc, s'est-il tu tout ce temps ?

- Par loyauté ! Il avait promis à ta mère. Marc, est un homme d'honneur. Ce n'était pas juste de sa part d'exiger cela de lui, car il a déjà tellement souffert et je suis certain que si on l'interroge, il ne nous dira pas tout. Il voudra te ménager, pour que tu gardes une belle image de tes parents. Mais, je sais qui pourra nous aider.

- Qui ?

- Madame KHAN ! La meilleure amie de ta mère. Je suis certain qu'elle doit savoir des choses.

- Tu crois que c'est pour ça qu'elle voulait me voir ?

Il hocha doucement la tête.

- Il est temps de se libérer de tous les secrets du passé. Ceux de Manon, les miens, et les tiens.

Elle mit sa main dans la sienne, se pencha pour caresser Sherlock qui était resté à leurs côtés.

- Allons la voir maintenant. Décidément, cette journée aura été intense. Tu ne trouves pas ?

Gaby poussa un long soupir. Elle doutait encore de la nécessité de connaître toute la vérité, ou plutôt elle appréhendait.

D'un autre côté, elle entrevoyait un bel avenir auprès de Martin, et elle voulait faire table rase du passé et de tous ces secrets. Cela devenait un besoin vital, une envie de vivre libre comme disait Martin. Elle reporta son attention sur lui, et vit dans son regard vert tant d'amour, que sa confiance en elle remonta en flèche.

Quoi qu'il arrive, à deux ils surmonteraient toutes les difficultés ou les défis qui se présenteraient. Elle se mordilla les lèvres. Elle avait du mal à penser à Marc pour l'instant. C'était si confus dans sa tête. Madame KHAN allait l'aider à comprendre son passé.

CHAPITRE 9

Quand ils arrivèrent devant le portail de madame KHAN, Martin suait à grosses gouttes. Son dos douloureux, le faisait grimacer. Il s'appuya plus lourdement sur Gaby.

- Tu veux qu'on rentre ? On reviendra une autre fois ? Proposa-t-elle d'un air inquiet, en voyant sa souffrance.

- Non ! Mais, j'espère qu'elle a un fauteuil confortable, avoua-t-il d'une voix faible.

Gaby s'empressa de sonner, et madame KHAN apparut tout sourire. En voyant le teint blême de Martin, elle s'empressa de les accueillir, et les guida vers sa terrasse ombragée.

Elle aida Gaby à installer confortablement Martin dans un fauteuil. Il poussa un soupir d'aise, et remercia son hôtesse d'un sourire.

- Cela va mieux Martin ? Avec cette chaleur et tes blessures, tu as dû trop forcer. Je t'apporte une boisson bien fraîche. Ne bougez pas de là. J'en ai pour une minute.

Gaby prit place à ses côtés, avec Sherlock à ses pieds. Martin pouvait percevait son angoisse. Elle ne cessait de se mordiller les lèvres. Il mit sa main sur la sienne pour l'apaiser.

- Eh ! Je suis là, et puis tout ça fait partie du passé. Cela ne peut plus t'impacter. Tes parents sont morts. Tu vas juste apprendre la vérité, car une personne mérite d'être enfin heureuse, après toutes ces années à vivre dans l'ombre. Madame Khan va t'aider à comprendre et à mieux juger de la réalité des faits.

- Appelez-moi Stéphanie. Vous n'êtes plus mes élèves depuis bien longtemps, précisa madame KHAN en leur tendant des boissons fraîches. Elle déposa également une gamelle d'eau devant Sherlock, qui tendit une patte pour la remercier.

- Il est bien plus poli que beaucoup de mes élèves.

Cette remarque les fit sourire. C'est vrai que ce chien était exceptionnel.

- Je ne t'ai jamais demandé mais… comment est-il entré dans ta vie ? Demanda Gaby qui essayait peut-être inconsciemment de retarder le moment des révélations.

Madame KHAN s'installa à leurs côtés, tout en caressant ce brave Sherlock.

- Papa me l'a offert pendant ma longue rééducation, car je n'avais plus le goût de vivre.

Il caressa Sherlock avec une expression douloureuse sur son visage. Il prit une grande inspiration.

- Il essayait par tous les moyens de me remonter le moral. Un jour, il est arrivé dans le parc de la maison de rééducation, avec une petite boule de poil dans les bras. Il avait été le chercher dans un refuge. Sherlock n'avait que cinq mois, mais vivait déjà à l'attache, auprès de sa mère enchaînée elle aussi, avec la gueule muselée.

- Mon Dieu ! Que ces gens étaient monstrueux. Pourquoi faisaient-ils cela ? Comment peut-on se montrer aussi cruel ? Gaby se mordilla les lèvres, en se rappelant tout ce que Martin avait enduré. Elle comprenait pourquoi, il avait perdu foi en l'humain.

- Quand papa est décédé. J'ai eu droit à une permission pour venir à son enterrement, mais, je ne pouvais pas rester, j'étais bien trop faible. Il a fallu aussi que je m'occupe de trouver un foyer provisoire pour Sherlock, car il n'était pas question de l'abandonner. C'est…

Une forte émotion s'empara de lui et Gaby vit ses yeux s'embuer.

- C'est son dernier cadeau. Il disait que Sherlock serait notre bébé à tous les deux, qu'il garderait notre maison.

- Ton père était l'homme le plus gentil que je connaisse, murmura madame KHAN, émue elle aussi par ce récit.

Elle se redressa et regarda avec gravité Gaby.

- Je suppose que tu viens pour… connaître la vérité ?

Gaby se figea sur son fauteuil. Le cœur battant elle fixa Stéphanie.

- Co…Comment vous le savez ? Marc vous a appelé ?

- Bien sûr, qu'il l'a fait. Il est effondré par ton départ précipité. Il m'a téléphoné aussitôt. Nous avons travaillé près de trente ans ensemble, nous sommes très proches l'un de l'autre. D'ailleurs, je viens de lui dire que vous êtes ici, cela va le rassurer.

Elle porta sa boisson à ses lèvres, avant de se renfoncer dans son fauteuil, en fixant Gaby avec attention.

- Marc souffre depuis bien trop longtemps. Je lui ai répété mille fois de te dire la vérité. Mais, il ne voulait pas gâcher l'image que tu avais de tes parents.

Elle secoua la tête de désespoir avant de reprendre.

- Cet homme est pétri de convictions. Cela lui a gâché sa vie. Si cela avait été moi, crois-moi, cela aurait été une autre histoire.

- Oh ! Murmura avec tristesse Gaby, pressentant qu'elle n'allait pas aimer ce qu'elle allait lui révéler.

- Tes parents et Marc se connaissaient depuis leurs études. Marc a toujours été fou amoureux de ta mère. Mais, je suppose, connaissant ce larron d'Éric, qu'il a séduit ta mère, justement pour faire enrager Marc. Il a toujours eu un côté cruel. Il aimait dominer, gagner, imposer sa volonté.

Sous le choc, Gaby se tourna brièvement vers Martin, qui l'encouragea d'un regard.

- Ta mère était jeune. Elle est tombée sous le charme d'Éric. Oh ! C'est qu'il savait séduire le bougre. C'était un beau parleur, alors que Marc lui n'avait que sa sincérité, cela a toujours été un homme discret. Il ne faisait pas le poids face à cet être malfaisant et diabolique qu'était Éric.

- Diabolique, malfaisant ? Répéta-t-elle, ébranlée par le choix des mots.

- C'était un pervers narcissique !

- Quoi ? Un pervers narcissique ? Répéta Gaby sous le choc. Mon père ? Mais c'est impossible.

- Oh ! Ce diable était rusé. Ils sont arrivés presque en même temps dans notre collège, et tout de suite ta mère et moi sommes devenues les meilleures amies du monde. Je m'interrogeais comme beaucoup d'ailleurs sur ce trio étrange. On sentait que quelque chose clochait… mais quoi ? Murmura-telle en secouant la tête.

- Comment ça ?

- Ton père, ou du moins Éric, était un prof très dur.

- On l'appelait la terreur du collège, ou Lucky Luke, précisa Martin, s'attirant les foudres de Gaby, qui le fusilla d'un regard.

- Pourquoi Lucky Luke ? Insista Gaby en fronçant les sourcils

En se mordillant les lèvres, Martin la regarda anxieusement.

- Car il dégainait plus vite que son ombre les interros surprises, et il flinguait toutes nos moyennes.

Gaby s'en souvenait, c'est vrai que l'attitude autoritaire de son père lui attirait souvent des remarques désagréables. Pourtant, elle n'était pas épargnée, loin de là. Son père estimait qu'elle devait montrer l'exemple et obtenir de meilleures notes que les autres.

- C'était un véritable tyran. Les parents venaient souvent s'en plaindre. Il adorait rabaisser ses élèves, au lieu de les encourager. Mais, jamais je n'aurais soupçonné la vérité, si ta mère ne me l'avait pas elle-même révélée.

- C'est elle qui vous a tout dit ? Interrogea Gaby en ouvrant de grands yeux.

- Oui ! Elle n'en pouvait plus. Il était complètement fou. Un jour, je l'ai trouvée en pleurs dans la salle des profs. Elle craquait, et s'est confiée à moi.

Atterrée, Gaby se renfonça dans son fauteuil.

- Ta mère fréquentait Éric depuis plusieurs mois, quand ils ont eu une terrible dispute.

Stéphanie fronça les sourcils.

- Je n'en connais pas la raison exacte. Ils étaient fiancés à cette époque-là. Les bans étaient déjà publiés. Mais, Éric a fait ses bagages du jour au lendemain, la laissant seule à Paris. Heureusement, Marc était près d'elle pour la réconforter.

Stéphanie lança un regard furtif et inquiet en direction de Gaby.

- Un soir… ils se sont beaucoup rapprochés.

Stéphanie dut s'interrompre. Elle prit une grande inspiration avant de pouvoir poursuivre.

- Ils ont eu… une aventure.

Devant l'air consterné de Gaby, elle s'empressa de préciser.

- Tout était fini entre Sandra et Éric depuis des semaines. Il ne donnait plus aucune nouvelle, du moins c'est ce qu'elle pensait. Et voilà, qu'un beau matin, il s'est présenté chez elle, comme si de rien n'était. Il a fait son grand cinéma, lui a promis l'amour éternel, et puis, quand il a compris que Sandra ne voulait plus le voir, il a menacé de se suicider.

Gaby poussa un petit cri de stupeur. Stéphanie mit sa main sur la sienne pour l'apaiser.

- Tu penses bien, que ta mère était dans tous ses états, elle était terrifiée qu'il passe à l'acte. Elle se sentait coupable, d'avoir eu une aventure avec Marc, et il savait appuyer où ça fait mal, pour la contraindre, la faire plier.

Stéphanie poussa un long soupir.

- Le mariage a eu lieu à la date prévue, et peu de temps après, ta mère a découvert qu'elle était enceinte. Il n'y avait aucun doute, sur l'identité du père, les dates coïncidaient. Quel malheur !

Madame KHAN, secoua la tête tristement.

- C'était un manipulateur de première. Il se servait de son sentiment de culpabilité pour la blesser. Il savait que ta mère finirait par céder. Dès qu'elle voulait partir, il jouait la carte du suicide. Marc, a terriblement souffert de cette situation. Il a supplié ta mère de le quitter. Mais, Éric ne cessait de la blâmer, jouant la victime. Sandra était sous son emprise totale.

Gaby se mordilla les lèvres, découvrant un aspect de la personnalité de son… Tout à coup, penser à lui en tant que père, lui donnait un goût amer dans la bouche. Elle déglutit avec peine, invitant d'un geste de la main, Stéphanie à continuer son récit.

- Ils sont venus dans le Sud, et Marc a suivi, car il préférait vivre dans l'ombre que de vous perdre toutes les deux. C'était jubilatoire pour un pervers narcissique comme Éric. Il tenait au creux de sa main deux personnes, et se jouait d'elles en permanence. Dès que ta mère essayait de se rebeller, il parlait de suicide, ou la menaçait de réclamer ta garde exclusive. Ce qui était idiot, car elle aurait pu réclamer un test ADN. Tu vois, elle n'arrivait plus à réfléchir. Il la rabaissait tout le temps. C'était si triste de la voir perdre confiance en elle au fil du temps, de la voir s'effacer, se soumettre en permanence.

Stéphanie exprimait une profonde douleur dans son regard.

- Elle s'éteignait, oui elle s'éteignait. Il la tuait à petit feu.

Elle prit une grande inspiration.

- En fait, il usait d'une torture psychologique, pour lui faire perdre confiance. Dans la salle des profs, dès qu'elle prenait la parole, il se moquait, ou cherchait systématiquement à la rabaisser, jusqu'à ce qu'elle se taise. Oh ! Comme je le détestais.

Elle se redressa subitement, pour fixer Gaby avec attention.

- Tu te souviens quand elle faisait du théâtre ?

- Oh oui ! Elle adorait ça, murmura doucement Gaby en souriant tristement.

- Eh bien, Éric a exigé qu'elle arrête.

- Mais, je croyais qu'elle avait pris cette décision, afin d'avoir plus de temps libre pour s'occuper de moi ?

Stéphanie haussa les épaules.

- Pff ! Tu avais des notes excellentes. Tu n'avais pas besoin de plus d'attention. Il avait juste pris conscience, qu'elle était enfin heureuse, et que cela lui donnait plus de caractère. Elle osait s'affirmer, et bien sûr pour un pervers narcissique comme lui, c'était inadmissible. Alors, il a tiré de nouveau sur la laisse invisible que ta mère portait en permanence autour du cou. Il ne voulait pas la voir s'émanciper. Il devait la dominer.

- C'est horrible, pauvre maman, dit-elle dans un sanglot triste. Mais, je ne comprends pas pourquoi, Marc acceptait de vivre lui aussi sous sa dominance ?

- Marc était amoureux de ta mère, et il t'aimait. Dès qu'il essayait de lutter, Éric le menaçait de l'éloigner de vous. Voilà pourquoi je haïssais autant cet homme. Il exerçait son pouvoir diabolique, sur deux personnes. Il jubilait de les voir souffrir en permanence, et puis…

Elle se mordilla les lèvres avant de la regarder furtivement…

- Je trouvais que ce n'était pas juste pour toi aussi. On te volait ta famille.

- C'est pour ça que vous n'avez pas voulu lui rendre hommage lors de son enterrement ?

- Et puis quoi encore ! Plutôt griller en enfer, que de lui rendre un hommage, répondit-elle en inspirant bruyamment. Cet homme était monstrueux.

Gaby prit sa tête entre ses mains, et pleura doucement. Certaines scènes lui revenaient en tête, et avec toutes ces révélations, elles lui apparaissaient sous un autre angle. Souvent, elle voyait sa mère, les yeux rougis dans la cuisine. À chaque fois, elle affirmait avoir coupé des oignons, et jamais Gaby n'avait pensé à vérifier. Sa mère avait aussi souvent des hématomes, mais là encore, à chaque fois son… Éric, se moquait d'elle, en prétextant qu'elle était maladroite. Comment avait-elle pu vivre à leurs côtés, sans prendre conscience des conditions de vie de sa maman ?

- Marc aurait dû agir, dit-elle avec colère.

- Au risque de vous perdre toutes les deux ?

- Mais, il la battait, avoua Gaby avec rage.

- Quoi ? Stéphanie venait de reposer son verre brusquement sur la table.

- Il la battait ? Répéta Martin furieux tout à coup.

- Oui ! Elle avait toujours de bonnes excuses. Mais… maintenant je comprends mieux certaines scènes. Maman avait souvent des marques sur les bras.

- Mon Dieu ! Je n'avais pas réalisé que cela était aussi grave. Je pensais que ce n'était que des tortures psychologiques, et cela m'horrifiait déjà assez. Mais, des coups, ça alors je....

Stéphanie s'interrompit, choquée par ces révélations. Elle prit une grande inspiration.

- C'est vrai, qu'elle portait toujours des manches longues. Elle prétextait être frileuse, et je ne me suis jamais posée plus de questions. Quand Marc va le savoir, cela va le détruire encore plus.

- Alors ne lui disons rien ! Précisa Gaby en mettant sa main sur le poignet tremblant de Stéphanie.

- Gaby non ! Affirma avec conviction Martin. Il faut arrêter avec tous ces secrets, ces mensonges, ces non-dits. Nous le dirons à Marc. Mais, nous le ferons en douceur.

Stéphanie approuva la décision de Martin. Elle releva la tête, plus déterminée que jamais à révéler la vérité à Gaby.

- Il a même essayé de te manipuler. Il voulait que tu choisisses une matière scientifique. Mais, il a vite compris que tu ne te laisserais pas faire, et si tu t'étais braquée contre lui… alors, il savait, qu'il aurait perdu tout pouvoir sur Sandra et Marc. Voilà pourquoi il a cédé, quand tu as choisi cette filière.

- C'est vrai, il était vraiment furieux, et à un moment j'ai même cru qu'il allait lever la main sur moi. Maman a dû s'interposer. Heureusement, je suis partie peu après. Les tensions étaient de plus en plus palpables à la maison.

Stéphanie baissa la tête, et resta silencieuse un long moment. Elle essuya une larme et regarda Gaby avec gravité.

- Je dois encore t'avouer quelque chose. Mais… ce n'est pas facile. Cependant, Martin a raison, le temps des secrets est révolu. Tu dois savoir.

Gaby tremblante, se carra dans son fauteuil, et eut un petit rire triste.

- Qu'est-ce qui pourrait être pire, que d'apprendre que l'homme qui m'a élevée, était un pervers narcissique, un usurpateur qui adorait faire souffrir mes vrais parents ?

Stéphanie mit ses deux mains devant sa bouche, comme si elle hésitait à révéler des faits, encore plus sordides.

- Je crois que… ce n'était pas un simple accident.

- Quoi ? Gaby venait brusquement de se pencher en avant, fixant Stéphanie avec attention. Elle ne s'attendait pas à ça.

Martin lui aussi s'était tendu.

Stéphanie s'humecta les lèvres.

- Tu étais partie pour faire tes études, et Sandra avait enfin compris, qu'il n'avait plus d'emprise sur elle. Un jour, elle est arrivée toute joyeuse, m'affirmant qu'enfin elle avait trouvé en elle la force de le quitter. Elle devait l'informer et espérait vivre avec Marc. Elle venait de réaliser qu'elle avait gâché trop d'années.

- Elle voulait le quitter ? Demanda anxieusement Gaby.

- Oui ! Et le lendemain, j'apprenais pour leur accident mortel. J'étais atterrée. Mon neveu étant dans la police, je lui ai demandé de l'aide. Il m'a copié le rapport d'accident. En fait, il y avait des témoins. J'ai voulu les rencontrer. Tu comprends, j'avais besoin de savoir.

- Quels témoins ? La coupa Martin.

- Une voiture suivait tes parents de près. Ils ont vu que le couple se disputait et brusquement, il y a eu un grand coup de volant qui a projeté la voiture de tes parents contre les platanes qui bordaient la route.

- Vous croyez que… ? Gaby n'arrivait même pas à prononcer le mot. Elle en avait le souffle coupé. Aurait-il osé aller, jusqu'à un… meurtre ?

- Si elle lui a annoncé qu'elle le quittait. Alors, la scène prend tout son sens. Un pervers narcissique aussi diabolique que lui, ne pouvait pas admettre perdre tout pouvoir. Il aura préféré l'entraîner dans la mort. Mais, ce ne sont que des suppositions étayées par un faisceau d'indices.

Gaby poussa un petit cri de désespoir. Martin mit sa main sur la sienne, elle était glacée.

Mon Dieu Martin, il a …elle déglutit avec peine. Il l'a tuée, murmura-t-elle en sanglotant.

- Marc, est-il au courant ? Demanda Martin avec gravité.

- Je n'en n'ai pas eu le courage. Il était si affecté. La seule chose qui lui a permis de tenir, c'est toi Gaby. Je n'ai pas osé lui avouer aussi qu'elle avait enfin décidé de vivre avec lui. Il souffrait tant tu comprends ? Je l'ai supplié de te révéler la vérité sur sa paternité. Mais, il a toujours refusé, par respect envers la promesse faite à Sandra. Personnellement, je trouve que ce n'est pas juste. Il a été victime toute sa vie du machiavélisme d'Éric et de la faiblesse de ta mère, car oui, elle est coupable de l'avoir entraîné dans cette sombre histoire. Il est temps de l'autoriser à être heureux, tu ne crois pas ? Ce monstre est mort, mais il influence encore vos vies, il faut arrêter cela.

Gaby essuya ses larmes, et hocha doucement de la tête.

- Oui, j'ai mal, horriblement mal. Je… je ne m'attendais pas à ça. Elle revoyait le visage souvent triste de sa maman, et l'air toujours sûr de lui de l'homme qui se faisait passer pour son père. Mais, jamais elle n'aurait imaginé un tel désastre. Elle savait qu'à l'école on le trouvait arrogant, imbu de lui-même. Elle cherchait toujours à le défendre, y voyant là, la marque de la rigueur, le besoin de pousser ses élèves à rechercher l'excellence. Jamais, elle n'aurait imaginé qu'il s'agissait en fait, des traits de caractère d'un pervers narcissique, qui avait fait de la vie de son épouse et de Marc un enfer.

Elle se tourna vers Martin.

- Tu avais raison, la vérité peut être très douloureuse, mais elle est nécessaire. Je dois parler à Marc, il est temps d'avoir une explication, et… je dois m'excuser. J'étais si en colère, quand il a commencé à critiquer mes parents. Je… je lui en voulais de salir leur mémoire. Mais, il est temps de rendre sa place à… mon vrai père. Inconsciemment, j'ai toujours été proche de Marc, sans en connaître la raison, c'est fou !

Stéphanie qui pleurait, se leva et se pencha pour enlacer Gaby.

- J'espérais que tu comprendrais. Il y a eu bien trop de souffrance pendant trop d'années. Il vous attend, allez le réconforter, et dites-lui la vérité. Il mérite de la connaître.

Gaby aida Martin à se relever. Ils remercièrent chaleureusement Stéphanie d'avoir levé le voile sur ce passé mystérieux.

Tout le long du chemin, Gaby semblait préoccupée. Martin, l'observait en silence. Il la voyait froncer les sourcils et se mordiller les lèvres. Elle s'arrêta brusquement devant le portail de Marc, puis se plia en deux, à la recherche d'un souffle qui lui manquait. Martin, toujours aussi prévenant s'approcha et mit sa main dans son dos.

- Respire, redresse-toi, tout ira bien.

- Comment tu peux en être aussi certain ? Qu'est-ce que je vais bien pouvoir lui dire Martin ?

Il mit son bras autour de ses épaules et Sherlock pour la réconforter, logea sa truffe dans la main de Gaby.

- Laisse parler ton cœur. Au fond de toi, tu savais qu'il n'était pas qu'un oncle bienveillant, un grand ami de la famille. Tu l'as dit, vos relations étaient particulières.

- C'est vrai, mais jamais je n'aurais imaginé ça, avoua-t-elle tristement.

Ils entendirent des pas sur l'allée de Marc. Ce dernier les regardait avec un visage empreint d'une tristesse infinie.

Martin fut choqué d'y voir aussi un doute immense. Lui, aussi devait appréhender la réaction de Gaby.

Elle ouvrit le portail et se jeta dans ses bras en pleurant.

- Je suis désolé, crièrent-ils en chœur.

Martin ému, les poussa vers la terrasse où ils prirent place. Il remarqua que Gaby tenait dans ses mains celles de Marc.

- Non, c'est moi qui suis désolée Marc. Je n'aurais pas dû te dire toutes ces horreurs, pardonne-moi, mais… pourquoi ? Pourquoi avoir gardé le silence ?

Il pencha la tête d'un air honteux.

- Je l'avais promis à Sandra. Tu sais, je reconnais que par amour j'en ai commis des erreurs. Mais, j'avais tellement peur de vous perdre toutes les deux. J'étais malheureux comme les pierres.

Il passa sa main doucement sur le visage de Gaby.

- Tout ce qui comptait, c'était d'être à vos côtés. Je pouvais vivre dans l'ombre, mais pas loin de vous. Oh non ! Ça je ne pouvais pas, c'était au-dessus de mes forces.

- Je ne comprends pas pourquoi il te laissait nous approcher ?

Marc eut un rire triste.

- Il jubilait, de me voir souffrir chaque jour un peu plus. Il me laissait entrevoir votre vie, sans y avoir vraiment accès. Il nous tenait sous son emprise. C'était si cruel. J'ai essayé, je te jure Gaby, j'ai essayé de raisonner ta mère. Nous aurions pu fuir, loin de lui, refaire notre vie. Mais, elle était sous son emprise totale.

Marc s'absenta une minute, avant de revenir avec des boissons bien fraîches. Gaby s'empara d'une main tremblante de son verre.

Tout à coup, une soif intense l'envahit, sûrement attisée par l'angoisse qui lui nouait la gorge. Elle avait l'impression de sentir les battements de son cœur résonner, de plus en plus forts, comme un tambour affolé dans sa poitrine.

Elle commença d'une voix éteinte son récit. N'osant pas le regarder dans les yeux, de peur de perdre son courage. Elle devait puiser au fond d'elle-même pour avouer l'impensable.

Elle lui révéla d'abord, le désir de sa maman de vivre à ses côtés, et puis ce… Elle dut s'humecter les lèvres avant de poursuivre, car imaginer Éric jouer un rôle dans la mort de sa mère lui faisait horriblement mal. Plusieurs fois, elle dut s'arrêter, pour s'essuyer les yeux, se ressaisir. Les deux hommes l'écoutaient en silence. Martin lui, d'un regard bienveillant l'incitait à continuer. Elle devait se libérer de tous ces secrets.

Quand elle s'arrêta, Gaby releva tout doucement la tête. Le regard douloureux de Marc la transperça. Il poussa un cri de bête, et cacha son visage derrière ses mains tremblantes, pleurant à chaudes larmes.

Gaby se leva, et mit son bras sur son dos pour le réconforter.

- Je suis désolée, décidément cela devient une habitude. Je voulais t'éviter de connaître ces détails sordides. Mais, Stéphanie et Martin pensent qu'il est temps de tout dévoiler.

Marc releva la tête, remerciant d'un regard Martin.

- Ils ont raison, et d'une certaine façon, c'est étrange, mais… je suis heureux.

Gaby fut choquée par ces propos. Elle fronça les sourcils.

- Je…

- Non ! Ne te méprends pas. Je suis heureux, car finalement, elle avait réussi à se libérer de son emprise diabolique.

Il mit sa main valide sur celles de Gaby. Elle m'avait choisi Gaby. Au bout de toutes ces années de souffrance, c'est moi, qu'elle avait choisi. Elle s'était émancipée de son emprise. Tu te rends compte, c'est incroyable ! Elle est morte en guerrière.

Gaby resta figée, un long moment en silence. Ce fut Picasso qui sautant sur la table la ramena à la réalité. Il avait raison. Mais oui, il avait raison ! Sa maman avait été victime toute sa vie de ce monstre, mais sa dernière action prouvait qu'elle s'en était libérée.

- Ce n'était plus une femme soumise. Elle est morte en femme libre. Elle aura mené un long combat, mais elle a gagné. Finalement elle a gagné ! Marc leva les yeux vers le ciel, en mettant sa main sur son cœur.

Gaby se laissa lourdement tomber sur son fauteuil. Elle avait autre chose à lui révéler de bien plus difficile. Elle l'invita à se rasseoir, il fronça les sourcils, ne comprenant pas ce qu'elle voulait faire. Elle lui fit le récit alors, des coups dont sa maman était victime.

Marc en fut horrifié, il pleura de plus belle.

- Elle m'avait pourtant juré qu'il ne la touchait pas. Mais, c'est vrai qu'elle portait tout le temps des manches longues. Je n'y prêtais plus attention. Je l'ai toujours connue ainsi, du moins… Il fronça les sourcils semblant se souvenir d'un détail. En fait, depuis son mariage avec cette ordure, conclut-t-il furieux.

Martin mit sa main sur la sienne.

- Il est mort. Il est temps de laisser le passé où il est. La vie vous offre une nouvelle chance, ne la gâchez pas, dit-il en se levant difficilement avant de les saluer.

Il siffla Sherlock qui arriva tout joyeux près de son maître.

- Tu t'en vas ?

- Je crois que vous avez des tas de choses à vous raconter, et j'ai besoin de m'allonger un peu. Nous nous verrons demain Gaby. N'oublie pas que nous avons une autre enquête à mener.

- Oh ! Tu as raison, dit-elle en se remémorant leur décision d'explorer de nouveau, la cachette de Manon.

Elle le raccompagna à sa voiture, et Martin se pencha en mettant sa main sur la joue de Gaby. Il l'embrassa tendrement.

- Nous… commença-t-elle, après ce baiser incroyable.

- Chuuuuut ! Le nous, attendra encore un peu. Gaby, j'ai une certitude et cela suffit à mon bonheur. Tu es là ! J'ai retrouvé ma Gaby. Prenons le temps, tu as eu une rude journée.

- Oui mais…

De nouveau il la coupa en souriant.

- Je sais. Moi aussi, j'en ai tellement envie. Mais, nous avons la vie devant nous et rien ne se mettra entre nous. En fait, notre destin est lié depuis toujours, nous étions liés. Je t'aime ma Gaby, murmura-t-il tendrement, les yeux brillants d'un feu sacré, qui l'embrasa d'un seul regard.

Il se pencha de nouveau, et l'embrassa avec encore plus de passion. Gaby en ferma les yeux de plaisir.

Quand elle les rouvrit, elle constata qu'elle était seule sur le trottoir. La voiture avait disparu. Gaby en ouvrit la bouche de stupéfaction, avant d'éclater de rire. Si les voisins avaient assisté à ce fabuleux baiser, ils allaient bien se moquer de sa réaction. Non mais, quelle idée de la planter là ! En plein milieu de la route.

Toutefois, ce n'est pas de la colère qu'elle ressentait. Oh non ! C'était un bonheur incroyable qui se diffusait dans chaque interstice de son corps. Une énergie nouvelle circulait dans ses veines. Comme des bulles de champagne grisantes, euphorisantes qui lui donnaient juste envie de sourire, malgré tout ce qu'elle avait appris. Martin avait raison, c'était éprouvant, choquant, triste aussi mais tellement libérateur.

Ce fut le miaulement de Picasso, qui la fit éclater de rire.

- Oui, tu te demandes toi aussi ce que je fous ici toute seule. Ah ! Si tu savais ma belle. Elle se pencha, prit son adorable petite chatte dans ses bras, et enfouit son visage dans son pelage soyeux, en riant de bonheur. Martin, avait raison, ils avaient tout le temps, et puis elle était curieuse de savoir ce que demain leur réserverait comme surprise. Elle pressa le pas pour rejoindre Marc, son…père, oui dans son cœur, il prenait enfin sa place.

Tout se mélangeait dans sa tête, le bonheur d'avoir retrouvé son Martin mais aussi le choc de ces révélations. Elle n'arrivait pas à tout intégrer, comme si son esprit refusait d'accepter l'horreur des faits. Elle allait avoir besoin de temps, pour comprendre, faire le point.

Elle se plia en deux sous le coup d'une violente douleur au cœur. Faisait-elle une crise de panique ? Non ! Elle comprit très vite qu'en fait, elle venait de réaliser que toute sa vie était basée sur un mensonge. Qu'on l'avait manipulée. Une rage puissante monta en elle. Picasso dut ressentir sa tension, car elle se mit à miauler différemment, et Gaby en pleurant, mit de nouveau son visage dans sa douce toison.

- Tu m'aideras Picasso, tu m'aideras car je suis si confuse. Je ne sais plus où j'en suis. Bien sûr d'un côté, c'est le bonheur absolu. Mais, quand je me retourne, je ne vois que des ruines, celles de mon enfance. J'ai l'impression qu'on vient de piétiner tous mes souvenirs. Tout était faux, tout n'était que mensonge… Qu'est-ce que je suis, moi ? Quand Martin est à mes côtés, il maintient au loin tous ces fantômes, murmura-t-elle en frissonnant.

- Je vais devoir faire face à la réalité. Est-ce que cela va impacter ma vie ? Me changer ? Martin, a raison, j'ai besoin de temps pour savoir où j'en suis. C'est un homme sage.

Picasso lui lécha le visage, ce qui lui fit esquisser un sourire empreint de tristesse.

CHAPITRE 10

Le lendemain matin, Gaby remontait le sentier menant à la maison de Martin le cœur léger. Elle vit Sherlock, venir à sa rencontre et se pencha pour le caresser.

- Comment vas-tu mon tout beau ? Où est ton maître ?

Elle leva la tête et l'aperçut, penché sur sa table, entouré de dossiers. Un sourire flottait sur ses lèvres, une lueur passionnée animait son regard. Il était absorbé, mais visiblement heureux, comme si chaque document dévoilait un mystère fascinant à résoudre. Il ne l'entendit même pas approcher. Il sursauta, lorsqu'elle mit sa main sur son épaule.

- Waouh ! C'est quoi tout ça ?

Il se redressa doucement, et l'observa un long moment en souriant.

- Du rouge et du jaune ? Murmura-t-il en riant.

Gaby éclata de rire.

- La couleur c'est la…

- Vie ! Je sais, la coupa Martin en prenant un air désespéré. Promets-moi une chose, dit-il d'un air faussement sérieux, qui l'intrigua.

- Quoi donc ?

- Tu auras la main légère pour choisir la déco de la maison.

- Toute la maison ? Demanda-t-elle joyeusement.

- Oui enfin, tout dépendra de la première pièce. Si je perds la vue, on passera au blanc.

Elle pouffa de rire, en lui tapotant le bras.

- Tu t'y feras, tu verras.

- Ou pas. J'aime bien le blanc, c'est…

- Déprimant. Qui aimerait vivre dans une chambre d'hôpital. Oh ! Euh ! Elle se mordilla la lèvre. Je ne voulais pas te rappeler de mauvais souvenirs.

Il se pencha et l'embrassa tendrement.

- Pour toi, je m'adapterai. Du moins, je prendrai sur moi, et puis ce n'est pas pour rien qu'on a inventé les lunettes de soleil.

Gaby reporta son attention sur les documents étalés sur la table.

- C'est quoi tout ça ?

- Oh ! C'est pour aider Lucas. Il est passé hier au soir. Le pauvre était débordé, sa mère est dépassée depuis qu'il a un volume de travail plus important. Cela en fait de la paperasse.

- Et alors ?

Il haussa les épaules.

- C'est ma passion.

- Quoi… l'administratif ?

- Oui j'ai toujours aimé cela. On m'appelle Mister Trombone, cela veut tout dire.

- Gaby éclata de rire en se lovant dans ses bras.

- Pff ! Pas très sexy tout ça. Franchement Mister Trombone… Monsieur Muscle cela a de l'allure, mais Mister Trombone.

- C'est bien plus utile dans la vie de tous les jours. Tu sais, on me demandait à chaque fois de l'aide, car mes dossiers étaient toujours complets. On me faisait des compliments.

- Et quel rapport avec Lucas ?

- Pour soulager sa mère. Il doit travailler le soir, alors je lui ai proposé mon aide. Je viens de finir, je range tout ça, et je suis tout à toi.

Ces mots la firent frissonner de plaisir. Tout allait si vite entre Martin et elle. Mais, après tout, ils avaient perdu tant d'années. Et pourtant, depuis leurs retrouvailles, c'était comme si le temps s'était aboli.

Elle remarqua, un cadre posé à l'autre bout de la table, et l'observa avec attention, émue.

Ce fut le souffle de Martin sur sa nuque, qui la fit sursauter.

- J'ai récupéré un morceau du papier peint de la chambre de Manon, et je l'ai encadré. Je sais cela peut paraître idiot, mais…

- Non ! Ça ne l'est pas du tout, précisa Gaby en se retournant pour lui faire face. Tu sais, Je ressens comme toi un lien invisible avec elle. Martin, dit-elle en le fixant avec gravité, nous devons l'aider.

Il montra une pelle, appuyée contre le mur de la maison.

- J'ai tout prévu. Si Manon avait un autre secret nous le trouverons.

- Tu en es toujours aussi persuadé ?

- Oui ! La phrase qu'elle avait dite à Noémie, tourne en boucle dans ma tête « Son dernier espoir de bonheur venait de disparaître » c'est intriguant.

- Surtout qu'on sait, qu'elle ne parlait pas du retour de son bien-aimé aux USA puisqu'il a été assassiné ici. Peut-être, voulait-elle faire allusion au rapatriement de son corps ?

- Un an après ? Non ! C'est autre chose, je le sens.

- Tiens Mister Trombone et Madame Irma fusionnent. Quel étrange mélange, se moqua Gaby en riant.

- Allez ! Partons à l'aventure. Sherlock, viens ! Il lui jeta un regard rapide, n'osant pas aborder le sujet, puis finalement, il prit la parole tout doucement.

- Comment vas-tu ? Je suppose que tu as dû avoir le contrecoup. C'était violent, toutes ces révélations.

Elle se contenta de hocher la tête tristement.

- Tout est si confus. Je ressens un mélange de joie et d'anxiété, de tristesse profonde aussi. J'ai l'impression de… me noyer.

Il pressa sa main tendrement.

Tout en s'engageant sur le sentier, Gaby lui raconta sa soirée.

- Nous avons énormément parlé. En fait, pratiquement toute la nuit. C'est plus compliqué que je ne le pensais. C'est dur d'accepter que toute ta vie n'est que mensonge.

Elle poussa un long soupir.

- Il y a un bon côté, car c'est vrai Marc a toujours fait partie de ma vie. Pour moi il y avait un lien très fort, aussi loin que je me souvienne. Il a toujours été cool, et puis j'ai une famille. Je ne suis plus orpheline. Tu sais, c'est dingue mais, ce mot me pesait sur le cœur. C'est dur de penser qu'on est seule au monde.

Elle se tourna tristement vers Martin.

- Oh ! Pardon Martin, je suis égoïste. Je ne voulais pas te blesser.

Martin la serra tendrement contre lui.

- Ne t'inquiète pas pour moi. Je comprends ce que tu vis. Mais, tu y arriveras, il te faut juste un peu de temps.

Il se pencha pour caresser Sherlock qui quémandait un câlin.

- Ton monde a volé en éclats. Dans un sens, tu as de la chance car c'est vrai que Marc est le genre de profs qu'on n'oublie jamais. Je me souviens comment il nous aidait pendant les contrôles. Il nous donnait carrément les réponses, précisa Martin en riant.

- Pour lui, l'important était de capter l'attention de ses élèves, de leur transmettre sa passion. D'ailleurs, il attend avec impatience le résultat de nos recherches. Je prendrai des photos pour lui, si nous trouvons quelque chose.

- Oh flûte ! Cela me fait penser, que j'ai oublié de retourner voir Noémie avec le reste des objets de la boîte, murmura Martin en fronçant les sourcils.

- Nous prendrons tout, et on passera ensuite chez Noémie. À mon avis, elle va te passer un savon.

Martin pouffa de rire, en imaginant Noémie se fâcher. Elle qui était la bonté même.

Sur le chemin, avec Sherlock qui gambadait à leurs pieds, Gaby ne put s'empêcher de sourire. Mais, en voyant la mine triste de Martin, elle s'arrêta, l'incitant à en faire autant.

Il balaya les alentours du regard et, apercevant une souche au sol, il choisit de s'y asseoir. Dans un geste silencieux, il invita Gaby à le rejoindre.

- J'ai omis de te dire quelque chose d'important, avoua-t-il avec émotion.

Il semblait perturbé, inquiet.

- Je comprendrais Gaby si cela te posait des problèmes. Je te demande juste d'être sincère avec moi. Je ne veux pas de ta pitié.

Le cœur battant Gaby le fixa avec attention. Elle vit passer une lueur furtive de détresse dans son regard.

- Martin COMES, nous avions dit, plus de secret !

- Oh ! Euh ! Ce n'est pas un secret mais, plutôt une information. Il prit sa main dans les siennes. Je… ils ont décidé de me mettre en invalidité. Je percevrai une pension.

Il poussa un long soupir, et chercha son regard avec inquiétude.

- Je… je ne pourrai plus jamais travailler comme policier. Cette fois-ci, c'est officiel.

Il prit une grande inspiration, en levant les yeux vers le ciel.

- Même si on m'avait préparé à cette éventualité. Cela a été un choc.

Gaby soupira de soulagement.

- Oh ! Martin, je suis si désolée pour toi. Mais, je m'en doutais, c'est quoi le problème ?

Martin releva la tête prestement, étonnée par sa réaction.

- Cela ne te dérange pas ? Je suis … handicapé Gaby. Je … ne retrouverai jamais toute mon autonomie. Tu dois peut-être prendre le temps pour assimiler tout ce que cela implique.

Gaby furieuse se releva, et mit ses mains sur ses hanches en le fusillant du regard.

- Tu es le plus idiot que je connaisse, Martin COMES. Je me fiche de ton handicap et de ses conséquences. Je t'ai retrouvé, c'est tout ce qui compte.

- Oui mais… des choses simples de la vie comme courir, ou jouer avec nos enfants poseront des problèmes. Je serai parfois fatigué…

Au mot « enfant » le cœur de Gaby s'emballa sur un rythme endiablé. Elle se pencha et le stoppa net en l'embrassant passionnément. Puis, elle se redressa et mit ses mains sur ses joues.

- Je vois bien à quel point tu souffres. C'est ça qui me peine. J'aimerais prendre sur moi ta douleur. Le reste ne compte pas, on s'adaptera. Tant que nous serons ensemble tout ira bien. Nous ne serons pas bien riches et alors ? Tu ne pourras peut-être plus travailler ? On s'en fiche ! Je suis prof, et je vends aussi des tableaux.

Martin heureux de sa réaction positive, ne put s'empêcher de la taquiner.

- Tu fais des tableaux ? Et certains osent les acheter ?

Elle lui tapota le bras, et ils éclatèrent de rire. Elle reprit sa place auprès de lui en glissant son bras sous le sien et en posant sa tête sur son épaule. Sherlock comprenant l'émotion qui régnait, vint lui aussi poser sa tête sur les genoux de Martin.

- Tu es plus courageuse que moi.

- Comment ça ?

- Quand je me suis réveillé, après mon coma, j'ai compris la gravité de mon état, et je refusais de faire le moindre effort.

- Mais pourquoi ?

Il se mordilla les lèvres.

- Peut-être que… j'avais peur d'en tirer des conclusions. De me dire que j'étais fichu, et que j'aurais mieux fait d'y rester comme Rémi.

- Martin non ! S'écria Gaby émue aux larmes.

- C'est la patience de papa et ses encouragements, qui m'ont poussé à persévérer à me battre. Et puis petit à petit, les médecins m'ont préparé à l'idée que je ne serai plus jamais flic.

- Comment tu l'as vécu ?

- Au début… j'étais dévasté.

Discrètement il essuya une larme qui coulait sur sa joue.

- J'aimais mon métier. Je voulais être un super héros pour défendre la veuve et l'orphelin. Alors, j'étais persuadé qu'ils se trompaient. Ils ne me connaissaient pas, comment pouvaient-ils être aussi affirmatifs ?

Il la regarda si intensément, qu'elle en frissonna.

- C'était une passion ce métier. Cela représentait tout pour moi, et puis il a fallu une fraction de seconde, pour tout foutre en l'air. Mes rêves, ma vie entière, mes projets. Qu'est-ce que j'allais devenir Gaby ? Il ne me restait plus qu'un corps en piteux état, et une montagne de regrets.

Gaby pleurait doucement, n'osant l'interrompre.

- C'est papa avec ce projet fou, qui m'a redonné espoir, l'envie de me battre. Il était si enthousiaste.

Il secoua la tête comme pour en chasser des souvenirs douloureux.

- Après… Il se racla la gorge. Après son décès, j'ai replongé, sombrant dans un état permanent de torpeur. Puis, j'ai compris que par respect envers lui, je devais lui prouver que j'y arriverai.

Il eut un petit rire triste.

- Quand je suis arrivé ici avec Sherlock, je ne savais même pas, par où commencer. Mais, nous étions ensemble, c'est tout ce qui comptait, dit-il en caressant son brave chien qui le regardait avec des yeux empreints d'un amour indéfectible.

- J'ai commencé à désherber autour de la maison. Puis, j'ai aménagé un endroit pour dormir et me laver. C'était plus du bricolage, que de la rénovation. Mais, chaque petite avancée était pour moi un grand pas. Jusqu'au jour où une tornade colorée est arrivée. Pile au moment, où je commençais à douter du bien-fondé de mes efforts, et depuis tout va à cent à l'heure.

Gaby éclata de rire.

- Si je comprends bien. Je suis arrivée au bon moment, mais alors ? C'est moi la super-héroïne ?

Martin l'embrassa de nouveau, les yeux pétillants de bonheur, puis il se redressa difficilement.

- Allons découvrir ce fameux secret.

- Si secret il y a, madame Irma.

Martin sentait de nouveau une petite flamme briller en lui. Et tout ça, grâce à elle, sa Gaby. Ils continuèrent dans un silence empreint de sérénité.

Sherlock venait de se coucher, juste devant la souche à moitié déracinée du petit pommier.

Il était intimement persuadé qu'il n'avait pas révélé tous ses secrets. Son instinct le lui criait. Il devait résoudre ce mystère, il le devait à Manon et à Ryan.

Il commença à creuser dans un silence lourd. Il continua plus profondément.

- J'ai l'impression qu'il n'y a rien Martin. Tu devrais peut-être arrêter. Tu es blême. Tu veux que j'essaye de creuser ?

Martin, fit un signe de négation, tout en continuant avec sa pelle. La sueur lui coulait sur le front. Il faisait une chaleur incroyable. Mais, pour rien au monde, il n'aurait cessé de creuser. Il voulait en avoir le cœur net.

Tout à coup, un bruit étrange se fit entendre, et Gaby tomba à genoux près du trou. Il dégagea sa pelle, et la vit commencer à nettoyer la terre qui recouvrait l'objet. Il se laissa à son tour tomber lourdement.

- Oh ! Regarde Martin, il y a quelque chose. On dirait… du bois gravé.

Martin, à son tour nettoya ce qui semblait ressembler à un couvercle en bois. Délicatement, il passa son index sur chaque gravure sculpté dans le bois, certaines étaient à moitié effacées. Puis, il se figea aux côtés de Gaby muette de stupeur elle aussi. Ils venaient de découvrir l'ultime secret de Manon.

- Mon Dieu, c'est un … c'est un … non ne me dis pas, que c'est un…

- Petit cercueil, la coupa-t-il. Pétrifié, par cette découverte macabre.

- Ne le déterre surtout pas, murmura Gaby en mettant sa main sur son poignet.

- Bien sûr que non. Je veux juste lire les inscriptions.

- Qu'est-ce que tu lis ?

- Euh ! C'est vraiment abîmé par le séjour prolongé dans la terre. Mais, on dirait qu'il y a un nom celui de… Ryan junior, fils de Manon CAMOIN et de Ryan WILLIAMS.

Il se redressa lentement. S'asseyant sur ses talons, et mit sa main sur son cœur.

- Il n'y a qu'une date, dit-il en fixant Gaby, atterrée par cette découverte.

- Laquelle ?

- Le 20 Mai 1945. Ce pauvre bébé est probablement mort à la naissance. Juste quelques jours avant sa mère. Le fils de Manon… son dernier espoir de bonheur. Mon Dieu ! Je ne m'attendais pas à ça, c'est terrible.

Des larmes coulèrent sur leurs joues.

- Pauvre petit. Quel triste destin. Ils ont perdu tous les trois la vie ! C'est impossible Martin, dit-elle en sanglotant.

Elle posa sa main sur le petit cercueil et fit une prière silencieuse.

- Le sort s'est acharné sur eux, murmura-t-elle dans un sanglot déchirant.

Martin, avec énormément de respect, remit tout en place, et resta un long moment à se recueillir.

Il prit deux branchages, et en fit une croix sommaire, qu'il posa à l'endroit du cercueil. Pendant ce temps-là, Gaby cueillait des fleurs des champs, qu'elle déposa avec délicatesse dessus.

Ils enlevèrent la souche du mystérieux petit pommier, qui avait préservé les derniers secrets de Manon, et délicatement Martin réinstalla les cailloux, qu'il disposa autour de cette tombe improvisée.

- Quelle tragédie Martin. Maintenant, nous connaissons l'ultime secret de Manon. Mais, qui a pu commettre ces crimes, et de quoi est mort ce pauvre bébé ?

Martin haussa les épaules, il ne voulait pas en rester là.

- Pour l'enfant, Je suppose que cela devait être une mort naturelle. C'était juste après la guerre, les gens manquaient de tout. Il n'était pas rare de perdre un bébé à la naissance. Surtout que l'état psychique de Manon ne devait pas être au mieux de sa forme, rappelle-toi ce que nous avait dit Noémie, en la croisant ce fameux jour ? Mais, pour les meurtres de Manon et Ryan, quelqu'un est coupable et j'aimerais bien découvrir qui ?

- Ses parents ? C'est vrai qu'une naissance hors mariage, c'était infamant à cette époque. Peut-être, qu'ils ont tué aussi le bébé ?

Martin grimaça, doutant qu'il en soit ainsi pour le nourrisson.

- Nous avons trois suspects. Ses parents, GOUIRAN et AUDIBERT. Je ne sais plus comment relancer notre enquête, avoua-t-il tristement, en se redressant péniblement. Gaby l'aida, en glissant son bras sous son épaule, et prit la pelle qu'elle lui tendit.

- Tu crois que c'est fichu ?

- Non ! Je veux éclaircir cette affaire. Nous le devons à Manon, Ryan, et à ce pauvre bébé aussi, et n'oublions pas Noémie et le frère de Ryan. D'ailleurs, j'y pense, il faudrait aller voir Noémie avec la boîte. On ne sait jamais.

- Alors rentrons. Nous irons raconter nos découvertes à Marc et ensuite, nous passerons voir Noémie. Mais, n'oublions pas cette fois-ci de prendre tout le contenu de cette boîte mystérieuse.

Marc, les attendait de pied ferme. Il prit Martin dans ses bras en le remerciant avec émotion.

- Merci Martin. Sans toi, je n'aurais jamais eu le courage de lever ce secret qui me pesait tant. J'ai retrouvé ma fille, grâce à toi. Jamais, je ne pourrai assez te remercier.

Martin, fut ému en voyant l'émotion de Marc. Gaby avait glissé sa main dans la sienne, qu'elle pressa tendrement.

Ils prirent place sur les fauteuils de la terrasse, et Sherlock vint mettre sa tête sur les genoux de Martin qui le caressa machinalement, tandis que Gaby racontait leur découverte macabre.

- Quelle tragédie, murmura avec émotion Marc, en se frottant le menton. On comprend mieux les propos que Noémie nous avait rapportés.

- Oui, d'ailleurs nous devons aller la voir. J'ai complètement oublié de lui montrer le contenu de la boîte. Mais, ce qui me préoccupe, c'est de savoir comment relancer notre affaire. J'ai l'impression d'être dans une impasse.

- Effectivement, quelle piste pourrions-nous suivre ? Nous avons bien des suspects. Mais, qui avait intérêt à les tuer ? Et pourquoi ?

- En plus, nous avons la mort de ce pauvre bébé maintenant, murmura tristement Gaby.

- À mon avis, c'est plus un triste dommage collatéral. Manon venait de subir des années de guerre. Elle était faible et fragile, comme beaucoup à cette époque. On sait que son moral était au plus bas. Elle a dû avoir une grossesse épouvantable, et son pauvre bébé n'aura pas survécu.

Marc soupira longuement.

- On fait quoi maintenant ? Demanda Martin avec espoir.

- Laisse-moi réfléchir un moment. Il doit bien y avoir une piste à suivre. Mangeons d'abord, puis vous irez voir Noémie, et on en discutera ensuite.

Le repas se déroula dans une ambiance détendue, Gaby et Marc échangeaient des regards empreints de tendresse, tous les secrets étaient dévoilés, et Marc respirait le bonheur.

Gaby s'empara de la boîte, qu'elle avait déposée sur la table, puis elle glissa son bras sous celui de Martin.

- Je garde Sherlock avec moi, précisa Marc en leur faisant un petit signe d'encouragement.

- Tu vas te faire engueuler, murmura Gaby avec un petit sourire en coin.

- Pourquoi moi ? Tu étais là toi aussi.

- Oui, mais moi je me ferai discrète. Donc, tu endureras tout seul, les foudres de Noémie.

Il éclata de rire, Noémie était si frêle, si petite, mais… elle avait toujours son esprit aussi vif, et il fronça les sourcils à l'idée de l'affronter.

Le bistrot avait un charme d'antan. Juste devant, il y avait deux gros platanes qui offraient une fraîcheur bienvenue. Une tonnelle recouverte d'une glycine presque centenaire, donnait un style champêtre. Martin, s'arrêta brusquement.

- Qu'est-ce qu'il y a ? Demanda Gaby étonnée.

- J'étais en train de réaliser que cette glycine doit être aussi vieille que Noémie.

Gaby pouffa de rire.

- Tu n'as pas intérêt à le lui faire remarquer. Mais, je l'avoue j'aime ce bistrot avec sa peinture verte. Il est un peu l'âme du village. Tu es prêt à affronter le dragon ?

Martin éclata de rire, et franchit la porte le cœur léger. Ils regardèrent Valentine s'approcher en souriant.

- Té ! Vous voilà ! Mamé n'arrête pas de vous réclamer. Venez, elle est dans la petite cour à l'arrière, elle prend le frais.

Gaby et Martin la suivirent jusqu'à une cour intérieure. Un petit havre de paix. Une petite fontaine au centre apportait une fraîcheur bienvenue, et en faisait un endroit empreint de sérénité. Noémie était installée dans un fauteuil avec un chat sur les genoux.

- Mamé, tu as de la visite.

- Qué visite ? Demanda la vieille dame en ouvrant les yeux.

Elle regarda Gaby et Martin s'approcher doucement. Elle leur fit signe de s'asseoir auprès d'elle, et regarda la boîte que Gaby venait de déposer sur la table.

- Eh bé ! Je t'enverrai chercher la mort, Martin. Je suis certaine de vivre centenaire.

Il se mordilla les lèvres, se retenant de rire, en voyant le regard moqueur de Gaby.

- Je suis désolé. Nous avons eu des journées un peu folles, il faut l'avouer.

- Oui ma pauvre. J'ai appris pour l'accident de Marc et pour ton père, précisa Noémie en mettant sa main parcheminée sur celle de Gaby.

Cette dernière fronça les sourcils.

- Quoi ? Mais comment ? Comment savez-vous pour mon père ?

- Té ! On s'en doutait. Tu sais, celui qui se faisait passer pour ton père, il donnait la cagagne (la diarrhée) à tous les élèves. Demande à Valentine ? Elle en tremble encore. C'était un moufatan, un homme méchant, dit-elle en grimaçant. Cela se voyait dans son regard. On pensait bien, qu'il y avait quelque chose de bizarre dans ce fameux trio, mais quoi ?

Ils pouffèrent de rire, en entendant cette description haute en couleur, de celui qu'elle pensait être son père.

- Ce pauvre Marc a assez souffert. Je suis heureuse de savoir qu'enfin, il est libéré de cette triste promesse.

- Mais, comment …

Noémie l'interrompit.

- Je suis vieille. Je ne suis pas encore morte. Le Bon Dieu, a dû oublier mon adresse, ou alors il a mis mon nom de côté sur son bureau.

- À mon avis, il ne sait pas encore, où il doit t'envoyer. En enfer, ou au paradis, avec ta manie de te mêler de tout mamé, précisa en souriant Valentine qui venait de disposer des boissons fraîches sur la table. Il a peur que tu les saoules là-haut. Tu vas vouloir tout régenter.

Gaby et Martin se regardèrent en souriant. Il y avait tant de tendresse dans le regard de Valentine, qui adorait taquiner sa grand-mère.

- Pour sûr, que je vais en retrouver des copines et des copains là-haut. J'en aurai des choses à raconter. Mais, trêve de balivernes. Alors, c'est la fameuse boîte ? Demanda-t-elle en passant son index délicatement sur ce vestige du passé, rouillé par le temps.

Martin hocha la tête avec ferveur. Il avait l'impression de jouer sa dernière carte avec Noémie, car il ne voyait vraiment pas, quelle autre piste suivre.

Valentine regarda dans le couloir, et pesta.

- Flûte j'ai des clients. Mamé tu auras intérêt à tout me raconter.

Cette dernière lui sourit avec tendresse.

- Bé alors ? Tu me l'ouvres, ou il faut attendre le déluge ? Demanda Noémie avec une impatience, qui faisait briller, son regard bleu pâle.

Gaby l'ouvrit avec minutie. Étalant devant Noémie chaque objet religieusement.

La vieille dame émue, les observa attentivement. Tout à coup, un brouhaha se fit entendre, et ils virent Marc apparaître.

- Marc, mais que fais-tu là ? Demanda Gaby étonnée par son apparition.

- Je … j'ai eu une idée, mais j'aimerais d'abord savoir si Noémie peut nous aider.

- Eh bé ! À part ça, tu ne me mets pas la pression. Allez, viens t'asseoir à côté de ta fille.

Marc ouvrit de grands yeux, et Gaby se contenta de hausser les épaules.

- Oh ! Boudiou. Tu ne comptais pas encore nous faire des cachoteries. Tout se sait ici ! Pas besoin d'internet. Les infos circulent plus vite, surtout quand ce sont de bonnes nouvelles. Allez, arrête de prendre cet air niais. On dirait le fada du village. Je regardais tous ces objets, c'est si émouvant. J'imagine bien Manon les placer dans cette boîte.

Gaby en profita pour expliquer leur dernière découverte. Elle montra une photo prise du petit cercueil.

Noémie se mit à pleurer.

- Mon Dieu, quel drame. Pauvre petite Manon, elle ne méritait pas tant de peine. C'était une brave petite, belle comme un cœur, murmura Noémie.

Elle se pencha, et s'empara de la missive tachée de larmes. Elle la déplia soigneusement, ajusta ses lunettes, et poussa un cri horrifié.

- Mais… elle donne le nom de l'assassin de Ryan, murmura-t-elle d'une voix émue.

- Quoi ? Les trois personnes présentes, s'exprimèrent en chœur

Valentine attirée par le bruit, arriva en trombe, et observa sa grand-mère en écarquillant de grands yeux.

- Tu sais qui est le coupable mamé ? Ce n'est pas possible. Mais, comment tu l'as deviné.

- Eh bé ! Je ne l'ai pas deviné. C'est écrit noir sur blanc.

Tous se penchèrent sur la missive, à la recherche du précieux indice.

CHAPITRE 11

Noémie resta figée les mains tremblantes, une larme coula sur sa joue.

- Toute ma vie, je me suis interrogée sur l'identité du coupable. Toute ma vie, répéta-t-elle doucement. Mon Dieu c'est terrible, jamais je ne me serais doutée de cela. C'était donc lui !

- Et alors ? C'est qui mamé ? Demanda Valentine avec impatience.

- Tout est marqué là ! Répondit-t-elle en montrant la missive.

- Quoi ? Mais, il n'y a qu'une seule phrase, « le rapace nous a séparés, a brisé notre destin, mais la justice sera faite. L'amour éternel ne peut être rompu. M'enfin mamé, cela ne veut rien dire.

- Oh ! Mais qué bécasse ! Toi par contre, dit-elle en pointant son index sur Marc, cela m'étonne que tu n'aies rien remarqué.

- Mais enfin, que fallait-il remarquer ? Demanda-t-il l'air confus.

- Le nom !

Gaby interloquée, regarda Martin.

- Mais quel nom ?

- Oh ! Boudiou ! Il faut tout vous dire. De nos jours, vous avez le cerveau ramolli. Tu parles, avec tous vos trucs : internet, Alexa et j'en passe, vous ne connaissez plus rien. L'étymologie des noms est importante.

Marc opina de la tête, effaré d'être passé à côté de ce détail essentiel.

- Elle a raison ! Un nom de famille avait souvent pour origine un métier, une particularité, pour reconnaître la personne, la distinguer des autres. Mais, de quel nom parlez-vous Noémie ?

- Le rapace ! En Provençal, un nom désigne le rapace, précisa-t-elle en souriant.

- Oh ! Mamé, tu vas nous faire languir encore longtemps.

- Dis ! On ne bouscule pas une vieille dame de mon âge. C'est tellement incroyable. J'ai du mal à réaliser, qu'on connaisse enfin le coupable.

- Oui ! Du moins toi, tu le connais. Car nous, on attend toujours que tu te bouges.

Oh ! Mais tu m'escagasses, tu me fatigues.

Martin impatient, mit sa main sur le bras de Noémie.

- Le nom, s'il vous plaît ?

- Eh bé ! C'est GOUIRAN. En Provençal cela signifie le rapace.

Ils ouvrirent tous de grands yeux.

- Ça alors ! Je ne m'y attendais pas, murmura Marc sous le choc.

- Oui ! À cette époque on parlait beaucoup le Provençal, et je pense que cela a dû lui permettre d'exprimer aussi sa colère. Il portait bien son nom, il lui avait ravi son bonheur. Un vrai rapace, cruel et sanguinaire, précisa Martin en se frottant le menton.

- Donc, il aurait tué les deux ? Ryan et Manon ?

- Oh non ! Pour Manon, ça je ne peux pas le croire. Il l'aimait tellement. Tu sais elle était lumineuse, rayonnante. Jamais, il n'aurait pu la tuer. J'ai déjà beaucoup de mal à l'imaginer assassiner ce pauvre soldat, affirma Noémie en secouant la tête. C'était quelqu'un de gentil, un véritable bènastre c'est-à-dire quelqu'un de bon et généreux.

Elle ferma les yeux, sous le coup d'une forte émotion.

- Oh ! Mamé ? Tu ne vas pas avaler ton bulletin de naissance maintenant ? S'inquiéta Valentine, en essayant de la faire sourire.

- Je t'ai dit que le Bon Dieu ne veut pas de moi. À moins que…

- À moins que quoi ? l'interrompit Valentine.

- Peut-être… qu'il m'a laissée ici, pour vous aider à résoudre cette enquête. Car sans moi, personne n'aurait fait le lien avec le mot rapace.

- Oh ! Mamé tu dérailles. Tu te crois investie d'une mission divine. Bon ! Je crois qu'on devrait la laisser se reposer, c'est beaucoup d'émotion pour une vi…

- Attention, à ce que tu vas dire Valentine. Je ne suis pas vieille, juste âgée, c'est différent. Tu le comprendras à mon âge.

Ils éclatèrent de rire. Gaby et Martin remirent en place tous les objets avant de faire un dernier bisou à Noémie.

Valentine les accompagna jusqu' à la porte.

- Et pour Manon alors ? Si ce n'est pas GOUIRAN, qui est le coupable ? Vous avez une autre piste ? Si vous apprenez quelque chose, venez nous le dire. Je sens que mamé va me saouler, pour connaître le fin mot de ce drame, et puis je l'avoue, je suis curieuse moi aussi.

- Merci pour tout Valentine, précisa Marc en la prenant dans ses bras. Bien sûr, qu'on vous tiendra au courant toutes les deux. Sans vous, jamais nous n'aurions compris le sens de ce message.

Sur le chemin du retour, ils restèrent tous les trois silencieux. Sherlock leur fit une grande fête, en compagnie de Picasso.

- Pour eux la vie est si simple, murmura Gaby en soupirant.

- Quand ils ont la bonne famille oui, c'est vrai. Mais, combien souffrent en silence dans l'indifférence totale. Regarde Sherlock, il n'était encore qu'un chiot qu'on le maltraitait déjà. Quand je l'ai vu la première fois, il était si maigre que papa devait le porter et il avait cinq mois. Si papa ne l'avait pas pris, qui sait ce qu'il serait devenu.

Il se pencha et embrassa son petit compagnon sur la tête.

Marc, se laissa tomber sur son fauteuil.

- C'est incroyable, et dire que nous avions tous les indices sous les yeux, sans en comprendre le sens. C'est une grande victoire les enfants.

- Enfin, plutôt une demi-victoire, car nous n'avons résolu qu'un seul meurtre. On en suppose la raison, probablement la jalousie. On sait, qu'il aimait Manon à la folie, il n'aura pas supporté de la voir avec un autre homme. Mais, pour elle qui est le coupable ? Cela nous laisse toujours trois suspects.

- Oui, nous revenons toujours au point de départ. Ses parents, AUDIBERT ou GOUIRAN !

- Oh ! Pétard, je commence à avoir la migraine. Je vais rentrer me reposer indiqua Martin en se levant péniblement.

- Tu veux que je vienne avec toi ? S'empressa de demander Gaby, avec une note d'espoir dans la voix.

Il caressa doucement sa joue, sous le regard bienveillant de Marc.

- Non ! Je serai un bien piètre hôte. J'ai besoin de réfléchir. Cela ne peut pas s'arrêter là, nous devons aller au bout de cette enquête.

- Mais comment ? Nous n'avons aucun moyen de découvrir son meurtrier. Tous les témoins de cette époque sont morts, à part Noémie. C'est déjà bien, d'avoir réussi à résoudre un meurtre.

- Il y a encore bien trop de zones d'ombre. Ce n'est pas suffisant. Cela ne me suffit pas, insista Martin d'un air exaspéré. Oh ! Je suis désolé, mais cela me laisse un goût d'amertume. J'aime aller au bout d'une enquête, et là je me sens frustré.

- Je te comprends, moi aussi, je ressens cela, précisa Marc en le fixant avec attention.

Une fois chez lui, Martin tourna en rond. Il était hanté par des questions sans réponses qui l'empêchaient de se reposer. Il se leva, et observa le tableau du papier peint de Manon, qu'il avait encadré.

- Qui a pu te tuer, et pourquoi ? Si seulement tu pouvais me mettre sur une piste. Je ne veux pas en rester là. Je dois retrouver le coupable de ton meurtre.

Il soupira longuement, avant de reprendre d'une voix émue.

- Et puis… Je crois que j'ai besoin de connaître la vérité pour des raisons plus personnelles. Nous sommes liés Manon.

Il eut un petit rire triste.

- je ne sais pas pourquoi. Peut-être, à cause de cette maison, de cette atmosphère étrange que j'ai ressentie le premier jour. Je te dois la vérité, mais je me la dois aussi. Aide-moi, s'il te plaît.

Sherlock se mit à gémir, en penchant la tête de tous les côtés. Martin, éclata de rire.

- Tu as raison mon gros, cette affaire m'obsède, j'en deviens bizarre, voilà que je soliloque. Viens ! On va au bord de la rivière. La fraîcheur nous fera du bien, et prendre un peu de recul, m'aidera probablement à y voir plus clair.

Martin, s'allongea sur un gros rocher plat. L'eau caressait ses jambes. Il poussa un long soupir de bien-être.

Sherlock avait sauté dans la rivière, et s'amusait avec des petits poissons. Il revint près de son maître, en s'ébrouant joyeusement.

- Non Sherlock, arrête ! Pesta Martin en riant. Quelle sale manie. Tu fais ça à chaque fois. Tu as raison dans le fond. Je suis pénible en ce moment. Mais, vois-tu je n'arrive pas à oublier cette triste affaire. J'aimerais tant la résoudre… Il se redressa subitement, le souffle coupé.

Il venait de réaliser que c'était comme un baroud d'honneur. Sa dernière enquête ! Il en avait un besoin vital. Peut-être, pour se prouver que son drame personnel, n'avait pas tout détruit en lui. Que cette passion qui l'animait autrefois, était encore bien présente, enfouie profondément dans son cœur. Cette constatation lui assécha la gorge.

C'était une façon de se convaincre qu'il avait guéri. Que son corps était meurtri à jamais, mais que son esprit lui, avait cicatrisé.

Cet homme, en lui tirant dessus froidement, avait voulu l'anéantir totalement, et il avait bien failli réussir. Martin, l'avait longtemps cru, il avait tellement changé. Sombrant dans une terrible dépression. Mais, grâce à cette enquête du passé, sans en avoir conscience, il se reconstruisait pas à pas, ou brique à brique, un peu comme sa maison délabrée.

Il prit une grande inspiration. Il savait qu'il détenait la clé qui lui permettrait de résoudre cette affaire et de clore définitivement ce dossier.

Il devait juste puiser au fond de lui. Retrouver son esprit affûté, qui lui permettait dans son travail d'aller au bout des enquêtes avec brio. Il avait toujours eu un bon instinct ; il devait juste lui faire confiance pour lui montrer la voie et le laisser revenir dans son esprit, au lieu de bloquer tout.

C'était un système de défense qu'il avait développé après le drame. Il rejetait tout, de peur de souffrir, d'étouffer. Il devait et surtout, il aspirait à retrouver pleinement ses capacités. Il souhaitait redevenir l'homme qu'il était autrefois.

Il se rallongea sur le rocher, laissant le soleil de cette fin d'après-midi lui réchauffer la peau. Il déroula dans son esprit, chaque épisode de cette enquête et une phrase de Noémie une fois de plus, lui fit battre le cœur plus vite, « à cette époque-là, les secrets se transmettaient de génération en génération, encore aujourd'hui d'ailleurs ». Il se redressa brusquement, faisant sursauter Sherlock qui s'approcha de lui inquiet.

- J'ai trouvé une piste, mon gros. J'ai trouvé une piste, s'écria-t-il joyeusement. C'est qui le meilleur ?

Sherlock tout heureux de sentir la joie de son maître, s'empressa de lui lécher le visage.

- Viens ! On se dépêche. Nous devons retourner voir Gaby et Marc. Bon sang ! Comment ai-je pu passer à côté de ça ?

Il fit la route, la tête pleine d'images et d'espoir. Persuadé d'avoir enfin une piste sérieuse à suivre.

En entendant la voiture freiner devant le portail, Gaby apparut et ouvrit de grands yeux.

- Martin ? Mais que…

Il s'empressa de prendre son visage entre ses deux mains, et l'embrassa avec passion. Ce fut une toux discrète qui le fit reculer. Il rougit, en apercevant Stéphanie et Marc, qui les regardaient avec tendresse.

- Oh ! Euh ! Je…

- C'est bon ! Nous n'avons pas besoin de tes explications. Nous aussi on a connu ça, précisa Stéphanie en riant.

- Madame KHAN, je suis heureux de vous voir là.

- Stéphanie, je te l'ai dit. Tu n'es plus mon élève depuis bien longtemps, et ne précise surtout pas le nombre d'années. Cela me ficherait un sacré coup au moral.

Il pouffa de rire.

- Elle est passée pour avoir des nouvelles, et nous l'avons invitée à se joindre à nous pour le repas. Tu es le bienvenu aussi, et Sherlock je te préparerai un bon repas, précisa Gaby le cœur léger, heureuse de les revoir si vite.

Ce dernier aboya joyeusement, les faisant s'esclaffer.

Ils prirent place à table, et les deux femmes leur servirent un apéritif. Martin, en profita pour observer Marc discrètement. C'est dingue, comme le fait d'être libéré d'un secret aussi lourd l'avait transformé. Il paraissait tout à coup bien plus jeune. Il souriait en permanence et … Martin fronça les sourcils, en voyant sa main posée sur celle de Stéphanie, tiens donc !

Dans le fond, il comprenait. Stéphanie devait ressentir des sentiments pour Marc depuis bien longtemps, et elle avait dû souffrir elle aussi, de l'emprise d'Éric. Il avait impacté tant de vies autour de lui.

En soulageant Marc d'un secret qui le hantait, elle l'avait libéré de ce passé qui le retenait prisonnier. Il n'arrivait pas à avancer dans sa vie.

Il soupira doucement. Tout le monde a besoin de connaître la vérité pour vivre en paix, sans être alourdi par des secrets. Seul un esprit apaisé permet de s'épanouir, et Marc et lui-même en étaient la preuve vivante. Même Gaby semblait plus rayonnante, car au fond de son cœur, elle devait se douter que ses liens avec Marc étaient exceptionnels. C'étaient les liens du sang !

Gaby, en posant un verre devant lui, le fit sursauter. Il reporta son attention sur ceux qui l'entouraient. Ce soir l'ambiance était à la fête.

- Bon ! Alors qu'est-ce que tu avais de si urgent à nous dire ? Demanda Marc en le fixant avec attention.

- J'ai trouvé une piste, qui nous permettra probablement de résoudre cette affaire.

Gaby qui venait de porter son verre à ses lèvres, s'étouffa. Martin se pencha pour lui tapoter le dos.

- Quoi ? Mais comment ? Demanda-t-elle entre deux toux.

- Je… Il regarda les visages ébahis, qui le fixaient, et décida de s'amuser un peu.

- Faisons d'abord honneur à ce magnifique repas. Je vous expliquerai tout après.

- Quoi ? Tu nous lâches une telle bombe et tu veux nous faire languir ? Tu es pire que Noémie.

Il pouffa de rire, en repensant à cette adorable vieille dame.

- Nous avons tous besoin d'une pause, murmura-t-il en regardant une nouvelle fois la main de Marc sur celle de Stéphanie. Il remarqua que Gaby ouvrit grand la bouche de surprise, et il lui fit un clin d'œil, ce qui la fit sourire.

- Tu as raison, cette affaire date de ? Combien déjà ?

- quatre-vingt ans, affirma Marc. Nous ne sommes plus à cinq minutes près, même si cela me démange de savoir quel nouvel indice tu as bien pu trouver ?

Ils déjeunèrent dans une ambiance joyeuse. Ils avaient tous envie de se détendre, de souffler et surtout de savourer un moment aussi empreint, de sérénité.

CHAPITRE 12

Au moment du dessert Gaby poussa un soupir de bien-être, avant de se tourner vers Martin.

- Alors, c'est quoi cette fameuse piste ?

Martin, la regarda, les yeux brillants de malice. Il reconnaissait bien là sa Gaby, sa complice de toujours, dévorée par l'impatience.

- C'est une phrase de Noémie qui m'est revenue en tête.

- Décidément, cette Noémie est une perle. Mais, quelle phrase ?

- Tu te souviens Gaby, elle nous a dit que les secrets se transmettaient de génération en génération. Même de nos jours.

- Oui et alors ? Je ne….

- Le maire bien sûr ! La coupa Marc.

- Le maire ? Répéta Gaby sans comprendre.

- C'est notre dernière chance, reprit Martin avec enthousiasme. Les parents de Manon sont décédés, ainsi que toute sa famille et celle d'AUDIBERT aussi. Il ne reste que le petit-fils GOUIRAN pour espérer comprendre ce qui s'est réellement passé.

- Tu crois qu'il sait quelque chose ? Demanda Stéphanie, stupéfaite par cette éventualité.

- C'est probable. De toute façon, c'est notre dernier espoir.

Gaby eut une petite moue triste.

- Comme le dernier espoir de Manon. Elle soupira longuement. Nous n'avons pas le choix, s'il existe une possibilité de connaître la vérité, nous devons foncer.

Stéphanie se tourna vers Marc.

- Je n'en reviens pas des rebondissements de cette affaire. Je connais le maire, Albert est quelqu'un de bien.

- Albert ? Il s'appelle Albert ? Releva Martin avec étonnement.

- Oui comme son grand-père. Tu sais, c'est une lignée de maires. Des hommes de grandes valeurs. Ils ont tellement œuvré pour la commune. Nous leur devons beaucoup. D'ailleurs, j'ai toujours du mal à imaginer le grand-père coupable. C'est fou ! Murmura Stéphanie en secouant la tête.

- Justement, s'il est aussi honorable que tu le dis, j'espère qu'il comprendra notre démarche. S'il sait quelque chose, il acceptera peut être de nous aider à résoudre ces meurtres, et ainsi à clore cette enquête.

- Demain, à la première heure nous irons le voir, affirma Gaby avec enthousiasme.

Martin, décida de se lever. Il salua ses amis et accompagné de Gaby, il retourna à sa voiture. Il avait la gorge sèche, les mains moites, il regardait furtivement Gaby. Il avait tant à lui dire, et si peu de courage. Il s'humecta les lèvres et prit ses mains dans les siennes, tout en s'assurant d'un regard autour d'eux, qu'ils étaient bien seuls.

- Je… je suis désolé pour tout à l'heure. Je sais, que je t'ai peinée quand je t'ai dit que je préférais être seul. Je me sentais si mal, si frustré. Je ne voulais pas que ma mauvaise humeur t'impacte.

Elle haussa les épaules, comme si cela n'était pas grave. Mais, au fond de son cœur, son rejet l'avait terriblement blessée.

- Gaby je… Il s'humecta de nouveau les lèvres, avant de poser sa main sur sa joue. Je voulais attendre que toute cette affaire soit réglée, que tu aies digéré la vérité sur tes parents, mais si tu …

- Oui !

Il la regarda la bouche grande ouverte, avant d'éclater de rire. C'était bien sa Gaby, impulsive naturelle et qui le comprenait si bien. Elle avait toujours su lire en lui.

- Tu veux me demander de rester avec toi ? Demanda-t-elle le cœur battant, les joues cramoisies. Et si… elle avait mal interprété ses intentions ? Inquiète, elle se mordilla les lèvres, attendant sa réponse avec une nervosité palpable.

Il ne put que hocher la tête. Il se racla la gorge avant de reprendre.

- Si c'est trop tôt pour toi, je… comprendrai. Je ne veux pas profiter de ta vulnérabilité. C'est juste que…

Elle soupira exagérément, avec un air comique qui le fit sourire.

- Martin, dit-elle en se mettant sur la pointe de ses pieds, pour le regarder droit dans les yeux, malgré leur différence de taille. Je t'aime, en fait je t'ai toujours aimé. Peu importe le temps, la façon dont nous nous sommes séparés, tu es resté ancré dans mon cœur à jamais. La vie nous offre une seconde chance, ne la gâchons pas.

- Oui mais…

- Non, plus de « mais ». Nous sommes enfin ensemble, et tu l'as dit, nous pouvons tout affronter.

- Nous ne serons jamais riches.

Gaby fronça les sourcils, ne comprenant pas son inquiétude.

- On s'en fiche, tant qu'on a suffisamment pour vivre.

- Je ne t'offre pas un palais. Tout juste une masure.

- Tant qu'on a un toit sur la tête. Et puis, j'ai confiance en Lucas.

Il pouffa de rire, heureux de ses réactions.

- En Lucas seulement ?

- Il connaît son métier, répondit-t-elle, en lui faisant un clin d'œil.

Un bruit les fit sursauter, c'était Picasso, qui venait de sauter sur le capot de la voiture.

- Tu vois, même mon bébé d'amour a compris que ce soir nous ne dormirions pas là.

Heureux, Martin se pencha, et l'embrassa avec passion. Il la prit par la main et lui ouvrit la portière en l'invitant à s'asseoir.

Ce soir, sa vie prenait un nouveau cap. Plus jamais, il ne serait seul, et cela lui réchauffait le cœur. Il posa sa main sur la cuisse de Gaby qui caressait Picasso. Sherlock, lui se tenait à l'arrière. Mais, comme à son habitude, il posa sa tête sur son épaule. Il avait une famille ! Une sacrée famille, et cela le rendait fou de joie.

Lorsqu'il se gara devant chez lui. Il l'aida à descendre, et tendit la main vers sa maison.

- Le palais de madame.

Elle se tourna vers lui, les yeux brillants de larmes.

- Cette maison est magique. Bon ! Il faut encore un peu d'imagination, et beaucoup de travaux à réaliser pour la rendre magnifique. Mais, elle nous apporte tant de bonheur, et connaître son passé la rend spéciale. Elle a une histoire, une âme. C'est comme si Manon veillait sur nous.

Il fronça les sourcils. C'était exactement ce qu'il ressentait depuis le début. L'impression d'être protégé, entouré.

- Oui, je crois qu'elle est heureuse qu'on l'aide.

Il prit sa main et en compagnie de Picasso et Sherlock ils pénétrèrent dans leur foyer, leur havre de paix. Ils allaient passer leur première nuit ensemble. Cette pensée lui coupa le souffle.

Il en avait tant rêvé, sans jamais oser l'espérer. Il l'embrassa de nouveau avec passion. Il ne pouvait peut-être par porter sa princesse pour cette première nuit, mais il allait lui offrir un moment inoubliable. De quoi chasser tous les fantômes du passé.

Gaby était son âme sœur. C'est d'une main tremblante qu'il défit délicatement les boutons de son chemisier. Il pouvait sentir sur lui son regard incandescent. Sa respiration hachée le rassura. Elle était aussi émue que lui. Après toutes ces années à espérer sans jamais y croire.

Le temps était venu d'assouvir leur passion. Il la repoussa délicatement sur le lit.

Il ressentait une légère appréhension à l'idée de montrer son corps, marqué par ce drame. Chaque cicatrice était le témoin silencieux de sa souffrance. Pourtant, Gaby l'observa longuement en silence, avant de tendre une main vers lui. Ce qu'il vit dans son regard le bouleversa : aucune pitié, aucun regret. Seulement un feu ardent, celui de leur passion, de cet amour trop longtemps contenu.

Il s'allongea à ses côtés, le cœur battant. Cette nuit serait magique, la toute première de leur vie commune.

Il avait conscience que peu de gens avaient la chance de trouver l'amour véritable. Celui qui emplit votre âme et votre cœur en vous rendant invincible. Auprès d'elle, il se sentait accompli, entier. Tant qu'ils seront ensemble, rien ni personne ne pourra les atteindre, leurs âmes étaient liées pour l'éternité, pensa-t-il en la couvant d'un regard émerveillé.

Assouvir un fantasme, enfin. Sentir l'être aimé blotti dans le creux de ses bras, s'enivrer de son parfum, laisser sa peau imprégner la sienne, frissonner sous la douceur de ce contact, et se perdre dans l'extase… Il en avait tant rêvé. Désormais, il ne s'agissait plus d'un désir lointain, mais d'une réalité qu'il pouvait toucher, ressentir, savourer. Chaque seconde était une brûlure exquise, un vertige de bonheur absolu.

Martin, lisait dans le regard émerveillé de Gaby tout l'amour qu'ils se portaient mutuellement. Entre passion et tendresse des rires fusaient. Ils étaient au paradis, lovés l'un contre l'autre.

Martin, se réveilla en sentant quelque chose lui chatouiller le nez. C'était la queue de Picasso sur son visage, ce qui le fit sourire. À ses pieds, Sherlock s'était étalé. Décidément, il allait devoir prévoir un lit plus grand. Mais, ce qui lui coupa le souffle, ce fut le visage endormi de Gaby. Les souvenirs de leur nuit enflammée lui revinrent en tête, bouleversant son cœur de tendres émotions. Il ne put s'empêcher de repousser doucement une mèche de ses doux cheveux. Elle ouvrit immédiatement les yeux, et son regard étincelant, lui transperça le cœur.

- Martin, c'était…

Il la fit taire d'un baiser passionné.

- Magique, c'est le mot que tu cherchais ?

Elle ne put que hocher la tête.

- Je n'ai même plus la force de me lever.

- Oui c'est embêtant. Hein Sherlock, car nous n'aurons pas de croissants frais ce matin. Notre petite livreuse est HS.

Elle pouffa de rire, et prit son coussin pour lui donner un coup sur la tête. Il le repoussa en riant, et l'embrassa de nouveau. Ce fut que bien plus tard, qu'ils émergèrent de cette chambre.

- Je te propose d'aller prendre un super petit déjeuner chez Noémie, avant d'aller voir le maire. Qu'en penses-tu ? Demanda Martin joyeusement.

- Oh oui ! Valentine fait un gâteau délicieux, j'en rêve déjà. Allez ! Bouge-toi Martin, j'ai faim tout à coup.

Elle se mordilla la lèvre, puis le fixa avec attention.

- Avant… Je… je vais te demander, de bien vouloir me déposer devant le cimetière.

Étonné, Martin se redressa brusquement, pour l'observer avec attention. Il fut surpris par la gravité de son regard.

- Tout va bien ?

- Oui, répondit-elle brièvement. J'ai juste besoin… d'un moment. C'est… Elle se mordilla de nouveau les lèvres.

- N'en dis pas plus, je t'attendrai. Tu me raconteras quand tu seras prête, car tu le sais, plus de…

- Secrets entre-nous, le coupa Gaby en l'embrassant tendrement sur les lèvres.

CHAPITRE 13

Dès qu'ils poussèrent la porte du bistrot, Martin sentit une vague d'émotion le submerger, en découvrant tous ces sourires chaleureux. Il avait oublié à quel point, c'était agréable de réaliser qu'il faisait partie d'une communauté bienveillante. Il salua tout le monde, et se tourna vers la table de Noémie. Celle-ci les fixait, les yeux pétillants de malice.

- Alors, les jeunes, du nouveau ?

Martin pouffa de rire. Décidément, elle ne changerait jamais. Noémie était si perspicace.

- Vous avez une nouvelle piste ?

- Peut-être, affirma Martin en prenant place à sa table. Gaby, en fit de même et d'un geste de la main Noémie fit signe à sa petite-fille de s'approcher.

- Té Valentine, donne-leur un peu de ce délicieux gâteau. Mets-en aussi une tranche pour moi, et n'oublie pas les cafés s'il te plaît.

- Encore ? Mais, dis-moi, tu crois que le docteur serait d'accord ?

- Lequel ? J'en ai enterré plus d'un, affirma la vieille dame en faisant un clin d'œil à sa petite-fille, qui éclata de rire.

- Je vous écoute. Qu'avez-vous donc découvert de nouveau ?

Martin, décida de lui expliquer son idée de rencontrer le maire, inspirée par l'une de ses paroles. Noémie en rougit de plaisir.

- Donc ! C'est un peu grâce à moi. Tu entends ça, Valentine ?

Martin se mit à rire de bon cœur. Mais, Noémie se tourna vers Gaby qui restait étrangement silencieuse.

- Dis donc, on dirait que tu portes toute la misère du monde sur toi.

Gaby, se mordilla les lèvres. Elle mit son coude sur la table, et posa sa tête dans sa main.

- C'est… compliqué.

- Quoi donc ? Cette enquête pour ces meurtres ? Ou bien les découvertes te concernant ?

Gaby, se contenta de hausser tristement les épaules.

- Tout je pense. Ça fait beaucoup à digérer.

Ému, Martin posa sa main sur sa cuisse, pour l'apaiser.

- Écoute. Je reconnais que ce que tu vis a dû ébranler toutes tes convictions, ta vision du monde. Mais, d'un autre côté, tu as retrouvé ton papa. Tu es débarrassée de ces vilains secrets qui devaient peser sur ta vie, sans que tu en prennes conscience.

Noémie, poussa un long soupir.

- Le poids des secrets est lourd de conséquences. Cela peut provoquer des troubles du sommeil, de l'anxiété, un sentiment de culpabilité, de la rancœur. Cela peut éloigner des autres et…

Elle fut interrompue par Valentine qui déposa sur la table des cafés accompagnés d'une part de gâteau, pour chacun d'entre eux.

- Oh ! Boudiou. Tu te prends pour Freud maintenant mamé ?

- Quand on vit aussi longtemps que moi, Freud n'a plus rien à nous apprendre.

Elle regarda sa petite-fille s'éloigner, avant de reporter son attention sur Gaby, qui tournait sa petite cuillère dans son café sans conviction.

- Alors ?

Martin, lui restait silencieux. Après tout, Noémie arriverait peut-être à apaiser Gaby, car il la sentait si soucieuse, depuis sa visite au cimetière.

- Je suis heureuse, bien sûr. J'ai mon père que j'ai retrouvé, puis ma relation avec...

- Martin, la coupa Noémie en souriant tendrement.

En voyant l'étonnement de Gaby qui la regardait la bouche grande ouverte, elle pouffa de rire, avant de reprendre.

- Oh ! Ça se voit comme le nez au milieu de la figure. Mais, tout ça c'est positif non ?

- oui...oui. Mais, d'un autre côté, j'ai du mal à encaisser tout le reste. Les mensonges, l'impression que ma vie m'a été volée. J'en veux à ma mère, je sais c'est idiot, car après tout, c'est elle la vraie victime.

Noémie, posa sa main parcheminée sur celle de Gaby.

- Non ! TU es la victime. Ta maman a fait des choix qui t'impliquent, sans te demander ton avis. Elle était aussi une victime bien sûr. Mais, elle t'a entraînée dans cette folie, dans tous ces mensonges, ces non-dits. Tu as le droit d'être en colère, d'être furieuse contre eux. C'est même sain.

Gaby releva brusquement la tête, surprise par la compréhension de Noémie.

- Tu as le droit ! Mais, j'ai un conseil à te donner, dit-elle en la fixant avec gravité. Le poids des secrets peut gâcher des vies. Ne laisse pas tout ça, impacter la tienne. Tu l'as dit, de belles choses viennent de se produire. Tu as élucidé les mystères de ton enfance. Tu dois maintenant apprendre à laisser cela derrière-toi. Pose ce bagage trop lourd à porter. Ce n'est pas à toi de l'assumer. Concentre-toi sur ton futur. Tu as une vie pleine de bonheur qui se dessine devant toi. Va de l'avant. Laisse les fantômes du passé où ils sont.

- Mais…

- Il n'y a pas de « mais ». Tu es maîtresse de ton destin. C'est à toi de choisir, prends la bonne décision. Pour toi, pour Martin et pour ta relation avec Marc, c'est important.

Gaby baissa la tête. Une mèche bouclée, dissimula son visage à Martin, qui la sentit se crisper à ses côtés.

- Une vie est courte Gaby, c'est une succession de chemins qui se croisent. On peut choisir les plus ardus. Mais, pourquoi s'embêter, et ne pas profiter des bons côtés de la vie, en prenant le sentier le plus facile, sans se traîner un fardeau à porter. Penses-y, ce n'est pas bon de garder au fond de son cœur autant de colère, de rancœur. Cela va gâcher ta vie.

Noémie, fit ensuite un signe de la tête à Martin pour l'inciter à parler.

Il lui raconta alors leur dernier espoir. Elle hocha la tête doucement.

- Pourquoi n'y ai-je pas pensé moi-même, conclut-elle en riant. Bon ! Alors dépêchez-vous de goûter ce délicieux gâteau, et ensuite allez le voir, et revenez pour tout me raconter.

Le petit-déjeuner se passa ensuite dans une ambiance plus joyeuse. Ils se levèrent en les saluant chaleureusement. Mais, Gaby fit volte-face et enlaça tendrement la vieille dame.

- Merci pour tout Noémie. Je crois que j'avais besoin de ça.

Une fois dehors, Martin se tourna vers Gaby.

- Tu sais, j'étais là. J'aurais pu aussi t'aider.

- Non pas toi !

- Comment-ça pas moi ? Reprit-il en riant.

Elle s'humecta les lèvres, avant de déposer un baiser sur sa joue.

- J'avais besoin de la compréhension d'une personne extérieure à toute cette histoire, et Noémie était parfaite pour ça. Toi, tu aurais approuvé tout ce que je disais, juste pour me faire plaisir. Pour me montrer ton soutien.

Il fit une grimace comique, car elle avait raison, une fois de plus.

- Noémie elle, avec son franc-parler, m'a mise au pied du mur. Pour m'obliger à comprendre tout ce que représentait le poids de ces secrets. Et surtout, elle m'a aidée à réaliser que je détenais les clés de mon avenir.

Elle pivota avec enthousiasme vers Martin.

- Je pouvais d'un claquement de doigts poser ce fardeau à mes pieds, tu comprends ? Cette colère était tapie en moi et grandissait chaque jour un peu plus. Mais, elle a raison, c'est un fardeau inutile. Le passé est le passé. Je ne peux rien changer. Mais, je peux éviter qu'il impacte mon futur. Je veux aller de l'avant, sans cette rage en moi. Tu me comprends ?

Martin fronça les sourcils. C'est vrai que la sagesse de Noémie était sans égale.

- Sacrée Noémie. C'est une sainte.

- Non un ange, murmura avec émotion Gaby.

Il mit son bras autour de ses épaules, et ils se dirigèrent vers la mairie. Bien décidés à résoudre leur enquête.

Isabelle, la femme de Lucas, les accueillit en les enlaçant. Son visage rayonnait de joie.

- Quel bonheur de vous voir ensemble. Tu sais Gaby, je suis heureuse pour Marc et toi et bien sûr, et pour ce couple que tu formes avec Martin.

- Je vois que les nouvelles vont plus vite que sur internet.

- Dis ! Les bonnes nouvelles sont faites pour être partagées. C'est ce que Noémie affirme toujours. Il faut semer le bonheur autour de soi, c'est communicatif.

Gaby pouffa de rire. Ce fut une voix masculine qui les fit sursauter.

- Oh ! Monsieur le maire, j'allais vous apporter votre courrier, s'empressa de préciser Isabelle, en s'emparant d'une pile de lettres, posées à l'accueil.

- Arrête ton cinéma Isabelle. Tout le monde sait que tu m'appelles Albert et j'ai l'impression que Gaby et Martin sont venus pour me voir. Je me trompe ?

Martin, s'approcha et le salua respectueusement.

- Oui effectivement. Nous aimerions vous voir quelques instants, si vous le permettez.

L'homme hocha la tête avec gravité, et il leur fit signe de le suivre.

Son bureau en bois sombre, trônait au milieu d'une pièce immense. Sur chaque mur, des fresques peintes, donnaient au lieu un sentiment étrange. Comme s'il était figé dans le temps. Albert leur fit signe de prendre place face à lui.

Il posa ses bras sur les accoudoirs, et les regarda attentivement.

Gaby semblait impressionnée et lui, il faut l'avouer, n'en menait pas large.

Comment dire à un homme qu'on enquêtait sur un meurtre commis par son grand-père ?

Albert devait avoir entre quarante et cinquante ans. Son visage d'habitude jovial, avait une gravité inhabituelle. Il était brun avec un regard bleu qui reflétait son inquiétude. Martin entendit l'horloge égrener les minutes. Il prit conscience du silence oppressant qui régnait dans la pièce.

Ce fut un long soupir émit par Albert, qui les fit sursauter.

- Je sais pourquoi vous êtes là. Le village ne parle que de ça, murmura-t-il doucement. Vous croyez que je n'ai pas remarqué les gens qui parlent dans mon dos. Vous avez réveillé une vieille affaire, mais pourquoi ? Cela a fait tant de mal. Des familles se sont déchirées.

Martin ému par son désarroi, se pencha en avant, en mettant ses mains sur ses cuisses.

- Nous ne voulions peiner personne monsieur le maire, mais…

- Albert, le coupa ce dernier, en se renfonçant dans son fauteuil.

Martin s'humecta les lèvres.

- Vous devez comprendre, que l'on ne s'attendait pas à toutes ces découvertes. Nous ne savions pas, où cela allait nous entraîner.

- Il faut laisser le passé où il est. Rien de bon n'en sortira. Ma famille a assez souffert ainsi. Plusieurs générations, ont dû porter le poids de la suspicion, des rumeurs qui entachaient notre nom.

- Il y a eu deux meurtres Albert ! Deux meurtres dans un si petit village c'est énorme, et nous devons la vérité aux survivants. Le frère de Ryan veut comprendre la mort de son frère, de même que Noémie qui est hantée par cette histoire depuis son adolescence, et…

Martin s'interrompit un instant, avant de reprendre avec plus de conviction.

- Nous le devons à Manon et à son enfant.

Albert mit ses coudes sur son bureau, et posa son menton sur ses mains croisées.

- Qu'attendez-vous de moi ?

- Nous sommes dans une impasse. Vous êtes notre dernier espoir. Nous savons que votre grand-père a assassiné le soldat américain Ryan. Mais, nous ne savons pas quel rôle il aurait pu jouer dans la mort de Manon.

- Les gens vont nous regarder de nouveau comme des criminels, dit-il en soupirant.

- Non ! C'est une vieille histoire. Personne ne vous en voudra. Mais, il est temps de dévoiler la vérité. Vous savez quelque chose ?

Gaby qui était restée silencieuse depuis le début, fixa avec gravité Albert.

- Je ne sais rien ! Affirma Albert d'un air déterminé.

Gaby soupira en se levant. Elle se posta devant la fenêtre. Ses jolis cheveux bouclés brillaient sous les rayons du soleil, et Martin subjugué ne put s'empêcher de sourire.

- Les secrets se transmettent de génération en génération. C'est ce que nous a dit Noémie, murmura Gaby sans les regarder. Alors, voulez-vous nous aider ? Le pouvez-vous ? Demanda-t-elle sans se retourner.

Un long silence régna, seulement troublé par le tic-tac de l'horloge. Albert se renfonça dans son fauteuil.

- Pourquoi ? Pourquoi maintenant ? Les gens avaient presque oublié cette vieille histoire. Je ne veux pas que mes enfants en portent le poids.

Gaby émit un petit rire triste.

- Ah ! Le poids des secrets, dit-elle en lâchant un petit rire, noyé de tristesse. Je viens justement d'en parler avec Noémie.

- Comment-ça ? Demanda Albert en fronçant les sourcils.

Gaby narra son récit personnel. Ses doutes, sa colère, sa tristesse pour ces secrets qui avaient marqué toute son enfance.

L'homme l'écouta avec gravité. Lorsqu'elle se tut, il se racla la gorge.

- Je suis désolé. Isabelle m'avait appris pour Marc. Mais, je n'avais pas tous ces détails sordides. Cela a dû être un choc terrible.

- Je confirme, c'est un choc. Vous n'imaginez même pas la violence de ce qu'on ressent, dit-elle en le regardant avec émotion.

- Mais, ce que Noémie m'a aidée à réaliser, c'est que vous comme moi portons un fardeau. Le poids de leurs secrets ! Vous n'êtes coupable de rien Albert. Pas plus que moi.

Albert la regardait avec étonnement.

- Oui bien sûr, j'ai des tonnes de regrets. J'aurais dû m'en rendre compte. Aider ma mère, mais elle faisait tout pour me cacher la vérité.

Gaby haussa tristement les épaules, son visage toujours tourné vers la fenêtre, elle continua d'une voix émue.

- Nous portons le poids de leurs secrets. Mais, nous avons le pouvoir, de poser ce sac, le fardeau qu'il représente. Moi, j'étais si en colère. Cela me dévorait de l'intérieur. Vous… c'est un sentiment de culpabilité que vous niez de toutes vos forces, mais qui existe. Il est là, en vous. Je peux le sentir Albert.

Martin vit l'incertitude dans le regard d'Albert, il commençait à douter.

- Vous n'êtes peut-être pas au courant des détails. Mais, vous savez quelque chose, vous ne croyez pas qu'il est temps de vous libérer de ce fardeau ?

- Et si cela détruit ma famille ? Murmura-t-il avec inquiétude.

- Cela ne détruira rien Albert. Votre grand-père est mort.

. Elle poussa de nouveau un long soupir.

- Il est mort et enterré, répéta-t-elle. Il est temps, si vous détenez un indice, d'aider les deux derniers témoins encore vivants, avant qu'il ne soit trop tard.

Ils méritent de connaître la vérité avant de mourir. Posez ce fardeau ! conclut-elle en découpant chaque syllabe, pour leur donner plus de poids.

- Je ne pourrais pas revenir en arrière, et si j'avais des regrets ? Comment je ferai pour vivre avec ?

- Vous devez avoir près de… cinquante ans, non ?

Albert se contenta de hocher la tête.

- Cinquante ans, à être le gardien d'un secret. C'est long Albert, et avant vous votre père. Vous voulez transmettre cela à vos enfants ? En êtes-vous certain ?

L'homme sembla réfléchir intensément. Gaby venait de pivoter et le fixa de nouveau avec attention. Albert se leva doucement, et se dirigea vers un tableau représentant un paysage Provençal.

- Ce bureau était celui de mon père, et avant lui de mon grand-père. Rien n'a changé. Il retira le tableau et un coffre incrusté dans le mur apparut.

Martin se leva en silence. Il déglutit avec peine en observant Albert composer un code.

- Mon grand-père avait laissé une lettre. Mon père a refusé de l'ouvrir à sa mort, et j'ai respecté cela jusqu'à ce jour. Vous avez raison, ce secret est un poids qui s'est transmis de génération en génération. Certains nous regardaient avec un regard accusateur. Pourtant nous n'avions rien fait.

Il avait posé sa main sur le coffre, comme s'il s'apprêtait à commettre un sacrilège en rompant ce secret.

- C'est comme si… nous portions une tache, que l'on se transmettait de génération en génération. Noémie dans sa grande sagesse a raison. Sans savoir pourquoi on se sentait coupable. Mais de quoi ? Aujourd'hui je sais pour le meurtre du soldat américain. Mais ça, c'est grâce à votre enquête.

- Nous avons besoin de votre aide pour clôturer cette affaire, murmura Gaby en s'approchant.

Elle posa sa main sur l'épaule du maire. Ce dernier ouvrit la porte du coffre doucement. Il farfouilla dans des documents. Albert en ressortit une lettre ancienne, cachetée comme pour en sceller les secrets.

- Cette lettre a été écrite par mon grand-père, peu de temps avant sa mort. Je suppose qu'il voulait alléger sa conscience avant de mourir. Mais, personne n'a eu le courage de la lire. Peut-être, que nous ne voulions pas entacher l'image que nous avions de lui.

- L'humain a parfois des réactions imprévisibles. Regardez ma mère. Ses décisions n'étaient pas logiques. Elle était emportée malgré elle dans une histoire rocambolesque. Elle n'a pas fait les bons choix. Pourtant elle n'était pas stupide, loin de là. Mais, sur le moment, elle a cru faire ce qu'il fallait.

Gaby se rapprocha un peu plus d'Albert, comme pour l'encourager.

- Peut-être, que grâce à cette lettre nous comprendrons les actes de votre grand-père. Ne le condamnons pas par avance. Ce testament, car oui c'est un testament qu'il vous a laissé, c'était probablement pour se faire pardonner un acte de folie commis sous le coup d'une profonde colère, ou d'un amour blessé. Qui sait,ce qu'il a pu penser quand il a tué ce soldat ? Cette lettre contient peut-être, toutes les réponses à nos questions.

CHAPITRE 14

Albert tendit la lettre à Gaby, il avait l'air si accablé, qu'elle en fut terriblement émue. Elle regarda furtivement Martin, qui lui fit signe de la lire.

Le silence régnait dans la pièce, épais, pesant... Seul le froissement du papier vint le briser, discret, mais chargé de mystère. On avait l'impression de réveiller un passé douloureux. Plusieurs feuillets tombèrent au sol. Gaby se pencha pour les ramasser. Elle ne put retenir une petite expression de surprise.

- On dirait qu'il avait beaucoup à confesser, murmura-t-elle, le cœur étreint d'émotion.

Albert avait pris place dans son fauteuil. Les coudes posés sur les accoudoirs, il avait croisé les mains sous son menton. On ressentait toute la tension qui émanait de son corps crispé.

Gaby dut déglutir avant de pouvoir prendre la parole. Sa voix tremblante, s'éleva dans le bureau étrangement silencieux.

- C'est adressé à un certain Antoine, dit-elle en relevant la tête vers Albert.

- C'était le prénom de mon père, murmura ce dernier d'une voix empreinte de chagrin.

Elle s'humecta les lèvres avant de continuer.

- Antoine, il y a des mots qui sont difficiles à exprimer. J'ai essayé plus d'une fois de t'en parler. Je te convoquais dans ce bureau et au dernier moment, je flanchais ! Incapable d'assumer, car alors, j'aurais dû faire face à mes actes. Tu me regardais sans comprendre. Tu devais me prendre pour un fada, mais comment me libérer de ce secret sans mettre à mal nos relations ? J'avais si peur de ça, car tu es tout pour moi, n'en doute jamais. Mon amour est total. Je ne te l'ai peut-être pas assez dit, maladresse masculine probablement. Si tu savais comme je le regrette au seuil de ma mort.

Ce que je vais te narrer est un secret qui pèse sur ma conscience depuis bien longtemps, pas un jour sans qu'il ne me hante. Tu sais Antoine, un secret à porter, c'est un peu comme un petit caillou qu'on a dans la chaussure. Au début on se dit ce n'est pas grave, on va s'y habituer. Oh ! Bien sûr, il fait mal, il se rappelle à nous en permanence, mais on s'accroche, cela finira par disparaître.

Eh bien ! Tu sais mon grand, finalement on ne s'habitue jamais. Ce petit caillou est devenu au fil du temps de plus en plus gros. Jusqu'à entraver ma marche, pesant lourdement sur mon cœur et sur mon âme. Il hante mes nuits.

Gaby releva la tête pour observer Albert qui la fixait avec attention. On percevait toute la tension de son corps. Elle se replongea dans sa lecture avec encore plus de tristesse.

- J'ai commis une chose horrible. Oui je sais, tu auras du mal à l'imaginer, car je ne m'en serais jamais cru capable. Il faut croire qu'en chacun de nous un monstre sommeille.

Ce secret que je n'ai pas pu te dire de vive voix, par peur de voir le dégoût, la honte et même la haine dans ton regard, je me dois de te le révéler. Tu t'en es rendu compte, des rumeurs courent sur nous dans le village.

Ah ! Ces rumeurs, sont un peu comme une rivière en folie. On a beau vouloir en détourner le cours, elles reviennent toujours vous percuter au moment où on ne s'y attend pas. Ce sont ces petits regards qui en disent long. Ces paroles chuchotées dans ton dos. Je sais qu'à l'école, tu en as souffert et peut être que tes enfants en souffriront aussi, et tout ça par ma faute.

Est-ce que j'en ai honte ? Oh oui ! Si seulement j'avais pu rembobiner le film de ma vie. Sache que j'aurais tout fait pour agir autrement. Ce que je vais t'avouer n'est pas facile, j'ai commis une chose horrible, un crime ! Oui un crime ! Tu vois je dois l'écrire deux fois, pour m'en convaincre. Mais oui, je suis bien un meurtrier et là, je pleure sur cette lettre à l'idée que tu puisses me détester. Je ne pourrais pas t'en vouloir. Je me hais tellement, pour tout le mal que j'ai fait.

Gaby émue releva de nouveau la tête vers Albert. Elle vit des larmes couler sur ses joues. Il lui fit un signe de la tête, pour l'inviter à poursuivre sa lecture.

- La fin de la guerre s'annonçait, après des années de privations, de peur, ce que l'on ressentait était indescriptible. J'étais si jeune, si impétueux, si irresponsable aussi. Je ne cherche pas d'excuse, non ! C'est juste pour que tu puisses comprendre le contexte.

Dans le village, il y avait une jeune-fille, Manon. La plus belle que je n'avais jamais vue, et tu l'imagines bien, j'en étais fou amoureux. Quand elle marchait dans les rues du village, c'est comme si elle irradiait de l'intérieur. On ne voyait plus qu'elle : son incroyable sourire, son regard étincelant.

Hélas ! Je n'étais pas le seul à la convoiter. Il y avait aussi Jean AUDIBERT. Nos parents étaient en rivalité depuis toujours, pour savoir qui était le plus riche du village. Comme si cela avait de l'importance. Depuis notre plus tendre enfance, on se cherchait querelle pour un rien, et il a fallu que nous tombions amoureux de la même jeune-fille, Manon ! Mais, comment aurait-il pu en être autrement. C'était une fée, un ange descendu sur terre pour tourmenter nos âmes.

Par jeu, elle s'amusait avec nos sentiments. Oh ! Sans grande méchanceté. Je suppose qu'elle était flattée par nos attentions. On savait, que le jour où elle choisirait l'un d'entre nous, il y aurait un conflit. Rien de bien méchant, mais une bonne bagarre. Après toutes ces années de tension, nous étions sous pression. Prêts à se battre pour un rien, belliqueux à souhait.

Ce que nous n'avions pas envisagé, c'est que Manon tomberait amoureuse d'un soldat américain. Comment lui en vouloir ? Les libérateurs étaient auréolés de gloire. Ils symbolisaient la liberté. C'était l'Amérique ! Ce pays qui faisait tant rêver.

J'avais remarqué que Manon avait changé. Elle ne cherchait plus à attiser la rivalité entre Jean et moi. On ne la voyait presque plus. Je n'avais plus qu'une obsession en tête, en comprendre ses raisons. Je suis allé chez elle, et j'ai surpris une discussion qu'elle avait avec sa maman. Celle-ci furieuse, venait d'apprendre qu'elle voyait un soldat américain. Qu'elle avait rendez-vous avec lui le soir même, dans la petite clairière, près du bois de leur propriété.

La discussion s'est envenimée. Sa mère folle de rage, venait de lui interdire de sortir. Manon pleurait, hurlait. Mais, sa mère bien décidée à se faire respecter, tira Manon par le bras pour l'enfermer dans sa chambre. J'étais appuyé contre le mur, témoin silencieux de la scène. Personne ne m'avait vu. J'avais le cœur battant et le cerveau en feu.

Qu'est-ce qui m'a pris ? Je n'en sais rien. Un coup de folie probablement. Toute la journée, j'ai ruminé ma colère. Après tout, si Manon ne pouvait pas aller à ce rendez-vous, qu'est-ce qui m'en empêchait, moi, d'y aller à sa place ? De foutre une bonne raclée à cet américain, pour lui faire comprendre que Manon était à moi et à personne d'autre ! Je voulais bien accepter le fait que Jean la courtise mais cet étranger, qui débarquait de nulle part, et qui me la ravissait, ça… je ne pouvais pas le supporter.

Je suis allé à la nuit tombée au point de rendez-vous. Il était là, grand, imposant dans son uniforme, et si sûr de lui. J'ai eu un goût de bile dans la gorge. Une haine incroyable s'est emparée de tout mon corps et de mon esprit, pour cet homme que je ne connaissais même pas ! De quel droit, allait-il me voler l'amour de ma vie ?

Il a été surpris en me voyant. Ce soldat parlait notre langue. Il a d'abord souri me demandant où était Manon, et là j'ai vu rouge. Je lui ai dit mes quatre vérités. Il m'a regardé interloqué, puis a éclaté de rire. Il se moquait de moi ! Tu te rends compte, il a osé se moquer de moi ?

Avec le recul, j'ai conscience que tout peut paraître si puéril. Mais, quand on a à peine vingt ans, l'honneur et le respect sont des valeurs essentielles. J'ai vu rouge ! Je l'ai poussé à terre violemment. Nous nous sommes battus. Il m'a mis un bon crochet du droit, et ma rage a empiré. J'ai rendu coup pour coup, avec une haine féroce, alors il a saisi son couteau.

Dans mon cerveau, j'ai eu un flash. La folie emplissait mon esprit, je n'arrivais plus à réfléchir. Il voulait une lutte à mort ? Eh bien ! Il allait découvrir que j'étais prêt à tout, pour récupérer Manon. Je n'allais pas renoncer. Il a bien failli me tuer. Il était aguerri au combat. Je ne sais pas où j'ai puisé cette force, mais j'ai réussi à le désarmer, et sans en avoir conscience, je l'ai poignardé. Oui ! Je l'ai poignardé ! Mon Dieu que j'ai honte en écrivant ces mots.

Tu dois me détester. Tu en as le droit mon fils. Pardonne-moi pour tout, car je sais que tu en as aussi souffert.

Pourquoi est-ce que j'ai fait ça ? Je n'en sais rien. Je ne réfléchissais plus. J'étais en mode attaque. Mon cerveau était saturé par la rage. Si tu savais comme je le regrette. Chaque nuit, je revis ce cauchemar, et chaque nuit, je rêve d'être l'homme à terre, poignardé. Ma vie aurait été plus simple.

Antoine, je t'aime tant. Ne l'oublie jamais. J'ai appris une chose ce jour-là. C'est qu'on ne se connaît pas. Face à l'adversité, on réagit d'une façon surprenante. Comme si un monstre sommeillait en nous, prêt à nous dévorer, à prendre les commandes. Je ne contrôlais plus rien. Tu comprends pourquoi je t'interdisais de te battre quand tu étais enfant ? J'avais peur que tu réveilles ce monstre terrifiant que nous avons tous en nous.

Bien sûr, la mort de ce soldat a fait couler beaucoup d'encre. Ils ont cherché le coupable. Mais, c'était une période un peu folle. L'enquête a été bâclée. Son régiment s'est remis en mouvement peu après.

Tu ne me croiras pas, mais j'ai essayé de faire comme si tout cela n'avait été qu'un horrible cauchemar.

Manon avait disparu. Ses parents la séquestraient à la ferme, et dans le fond cela m'arrangeait. Je n'aurais pas supporté son regard, ses questions.

Certains avaient des soupçons. Ils affirmaient m'avoir vu avec des hématomes sur la figure. J'ai nié avec force bien sûr. Après tout, personne ne pouvait établir le moindre lien entre lui, moi et Manon, c'était un secret que j'avais enfoui, dissimulé au plus profond de mon être, comme une douleur sourde et honteuse. Mais, les rumeurs ont commencé. Et le petit caillou dans la chaussure a commencé à grossir. J'avais beau me dire que la guerre était finie, que tout rentrerait dans l'ordre, que les américains étaient repartis. Je me mentais à moi-même ! Car ce crime je n'arrivais pas à l'oublier. C'était comme un mal qui me rongeait de l'intérieur.

Un an après, Manon est réapparue. Elle est venue me voir chez moi. Elle était furieuse. N'arrêtant pas de hurler que je n'étais qu'un assassin. Que j'avais détruit son dernier espoir de bonheur.

Jean, venait de lui remettre le dog-tag du soldat. Il avait assisté à toute la scène par le plus grand des hasards et après mon départ il avait ramassé la plaque du soldat américain, pourquoi ? Je n'en sais rien, voulait-il faire pression sur moi ? Cela restera un mystère. Il m'avait suivi, persuadé que je sortais avec Manon en cachette. Il n'avait rien dit, peut-être parce qu'il en aurait fait autant. Ou alors espérait-il que l'Américain me tuerait ? Va savoir…

Un an après, il avait décidé d'alléger sa conscience car il partait à l'armée. Manon était dévastée. Je revois son visage transformé par la haine, et j'étais là, figé en haut des escaliers. Je n'arrivais pas à parler. J'étais coupable, et je le savais. Que dire ? M'excuser ? Dans l'état de furie dans lequel elle était, Manon ne m'aurait pas écouté, et peut-être que je voulais qu'elle déverse sa haine sur moi, car j'avais besoin qu'on me punisse. Oui, j'étais ce monstre capable de tuer, quand la colère s'emparait de son âme.

Elle a monté les escaliers, et c'est là, que j'ai aperçu le fusil de chasse de son père. Justice allait être rendue.

Dans le fond, j'attendais ce moment depuis un an. J'étais presque pressé d'en finir. J'allais payer pour mon crime, et cela allait libérer mon âme des tourments qui ne me quittaient plus. C'est étrange mon fils, au seuil de la mort j'aurais dû être effrayé, mais c'est presque du soulagement que je ressentais à ce moment précis. De toute façon, vivre sans Manon, ou pire avec sa haine, cela m'était impossible.

Elle a pointé son arme sur moi. Je me souviens avoir fermé les yeux. En priant que Dieu me pardonne pour tout le mal que j'avais fait. Puis, j'ai attendu la détonation. J'ai retenu ma respiration, j'allais m'effondrer, j'en étais certain. Mais, c'est un bruit sourd dans l'escalier qui m'a fait ouvrir les yeux. Mon père qui venait de rentrer, avait compris qu'elle était sur le point de tirer. Il s'est précipité vers elle. Il voulait juste la désarmer en la raisonnant. Mais, Manon est tombée en arrière. Sa chute lui a été fatale.

- Oh ! S'écria Gaby en s'interrompant brusquement. Pauvre Manon, elle venait de perdre son dernier espoir de bonheur, qu'elle venait d'enterrer. Elle devait être brisée par le chagrin, et voilà que Jean apparaît et lui remet le dog-tag de son bien-aimé, en lui racontant le meurtre.

Gaby s'était mise à marcher de long en large en faisant de grands gestes, tout en tenant ces précieux feuillets entre ses mains.

- Vous imaginez ce qu'elle devait ressentir ? Cette pauvre Manon avait dû vivre séquestrée par ses parents, car une grossesse hors mariage à cette époque c'était la honte absolue pour toute la famille. En plus, le sort s'est acharné. Elle venait de perdre son dernier lien avec Ryan. À mon avis, elle n'avait plus qu'une idée en tête : se venger. Avant d'aller se faire justice, elle a dû faire un détour près du petit pommier, pour y enterrer tous ses souvenirs de bonheur, et cette lettre qui est un peu son testament.

Gaby renifla doucement, émue par ce drame.

- Dans le fond, j'ai beaucoup de peine. Autant pour Albert, que pour elle, car finalement, ils ont agi tous les deux sous le coup d'une forte émotion. Ils ont perdu la tête. Une fraction de seconde, qui a changé leur vie à jamais.

Gaby soupira tristement.

-. Au moins, nous venons d'apprendre une chose essentielle. La mort de Manon est probablement accidentelle. Il le dit clairement dans sa lettre.

Les deux hommes figés, l'écoutaient avec attention. Elle fronça les sourcils, avant de poursuivre.

- Je n'arrivais plus à respirer. Je la voyais inerte au sol. Son corps brisé. Avec mon père, nous sommes restés un long moment silencieux, rattrapés par la gravité de ce qui venait de se passer. Il voulait aller voir la police, pour tout leur raconter. Mais, j'ai mis ma main sur son bras pour l'arrêter.

Je me suis assis sur une des marches. J'ai pris Manon tendrement dans mes bras en la berçant. Je savais que ce serait la toute dernière fois. Je pleurais tout en caressant sa longue chevelure, et là en larmes j'ai raconté le crime de l'Américain. Mon père m'a écouté attentivement. Il avait toujours cru que c'était un autre soldat qui l'avait tué. Pour la première fois de ma vie, j'ai vu mon père pleurer.

Aller à la police, signifiait avouer le meurtre de l'Américain, et ça mon père voulait l'éviter à tout prix.

Nous avons pris le corps de Manon, et nous l'avons dissimulé dans la forêt. On voulait y retourner plus tard. Pour l'enterrer décemment, mais des promeneurs l'ont trouvée. Ils ont d'abord pensé à une chute. Puis, des rumeurs de meurtre ont commencé à se répandre dans le village. Certains y ont vu un lien avec la mort du soldat. Il faut dire que deux assassinats dans un si petit village, ça faisait jaser. Alors, des noms ont été soufflés : celui de Jean et le mien. Nous la courtisions, c'était logique, du moins aux yeux des autres.

Mais, personne ne comprenait le lien avec l'Américain. Cela n'a pas empêché les rumeurs de s'enflammer, embrasant le village et le divisant en deux clans.

Mon père a décidé que nous devions assumer nos actes. Nous sommes allés voir les parents de Manon. Des gens très simples. C'était atroce ! Tu imagines la scène ? Nous étions tous assis autour d'une table, et mon père a commencé son récit.

Il a insisté, encore et encore, sur le fait que ce n'était qu'un accident, une simple mauvaise chute. Puis, il a décrit avec une voix tremblante la panique qui nous avait envahis à ce moment-là, car bien sûr il y avait le meurtre de l'Américain.

Ses parents se sont regardés en silence un long moment, puis sa maman s'est mise à pleurer. Elle s'est levée, s'est dirigée vers les escaliers. Elle est réapparue en portant dans ses bras un nourrisson fiévreux et rachitique. Je venais de comprendre ce que Manon voulait dire en parlant de son dernier espoir de bonheur que j'avais brisé.

Gaby s'arrêta brusquement dans sa lecture. Les deux hommes semblaient aussi surpris qu'elle.

- Mais l'enfant est mort-né ! N'est-ce pas Martin ? On a vu la date sur le petit cercueil. C'était bien un cercueil ? Insista-t-elle complètement perdue. En plus, il est décédé avant Manon puisqu'elle a enterré tous ces objets et sa lettre dans la boîte.

- Oui, oui bien sûr. Je ne comprends plus rien. Que dit-il d'autre ? S'empressa de demander Martin, avide de savoir.

- J'y repense… il n'y avait qu'une seule date gravée sur ce bois. Nous avons supposé qu'il était mort-né… Mais peut-être nous sommes-nous trompés. Et si ce n'était pas un cercueil ?

- Et que veux-tu que ce soit ? Demanda Martin en fronçant les sourcils.

Les deux hommes se regardèrent, le regard figé, bouleversés, comme frappés de plein fouet par la révélation.

Gaby avait perdu le fil de l'histoire. Elle retrouva le passage précis et repris sa lecture d'une voix émue.

- Manon avait donné naissance à deux enfants, des jumeaux. L'un était mort-né et le médecin venait d'annoncer que celui-ci ne survivrait probablement pas. Il souffrait d'une très forte fièvre et était si faible. Ses parents ne voulaient pas s'en occuper. Il était la preuve de la faute de leur fille. C'étaient des gens si pieux.

J'étais effondré sur ma chaise. Je n'arrivais pas à quitter ce pauvre bébé des yeux. Lorsque le médecin avait annoncé à Manon qu'il ne survivrait probablement pas, ils l'avaient vue s'enfuir avec le fusil, et craignaient qu'elle ne mette fin à ses jours.

- Oh ! Mon Dieu, s'écria Gaby émue par ces révélations, c'est donc bien le cercueil d'un des enfants que nous avons trouvé.

Martin hocha tristement la tête. D'un geste il l'incita à poursuivre sa lecture. Elle dut essuyer une larme sur sa joue avant de reprendre.

Mon père a pris la situation en main. Ses parents avaient bien compris le déroulement des tragiques évènements, et la mort de l'Américain ne les affectait pas outre mesure. Après tout, ils lui en voulaient d'avoir sali l'honneur de leur fille unique, et ils connaissaient mon père qui avait une réputation d'homme intègre et honnête.

Ils ont accepté le fait que le décès de Manon n'était qu'un accident. Pour les dédommager, mon père décida de se charger de l'enfant. Il allait le mener à l'hôpital, et, s'il survivait, il le déposerait ensuite dans un orphelinat.

Bien sûr, cette idée me révolta. C'était l'enfant de Manon. Mais, je n'avais que vingt ans, j'étais dépassé par toutes les conséquences de mon acte. Je me sentais encore plus coupable. Je n'arrivais pas à quitter des yeux ce bébé qui avait tant de mal à respirer.

Les parents de Manon étaient endettés. Nous leur avons donné une grosse somme d'argent pour clore notre arrangement.

À cette époque-là, les affaires se réglaient entre nous. On préférait éviter que des étrangers viennent fourrer leur nez dans nos affaires.

- Ça alors ! S'exclama Gaby, toujours sous le choc de ses révélations.

- Et l'enfant qu'est-il devenu ? Demanda Albert d'une voix émue.

Gaby prit une grande inspiration avant de reprendre sa lecture.

- À notre grande surprise, l'enfant a survécu. Mon père s'est chargé de le remettre à un orphelinat et plus jamais nous n'avons évoqué ce drame, lui comme moi. Comme si un accord tacite avait été conclu entre nous. Cela ne signifie pas que ma conscience était du même avis.

J'ai commencé à être obsédé par cet enfant. C'était le dernier lien avec Manon. J'avais détruit tout ce qu'elle aimait. Elle était morte à cause de moi, et cet enfant était tout ce qui me restait d'elle. Je me sentais responsable de ce bébé. Je n'en dormais plus.

Mon père est décédé deux ans plus tard, et en triant ses papiers, j'ai retrouvé les documents de l'orphelinat. Je savais où faire mes recherches. C'était devenu une obsession. Je devais retrouver cet enfant coûte que coûte. Je le devais à Manon.

Je suis parti à Marseille. Mon Dieu, c'était un endroit lugubre avec des murs gris, sales qui transpiraient la misère, le désespoir. Comment pouvait-on accueillir des enfants, dans un lieu aussi sinistre ?

Je suis resté un long moment devant ce bâtiment. Le cœur battant, les mains moites. Oh ! Ce n'est pas l'hésitation ou le doute qui me retenaient, non c'était la peur ! Une peur viscérale. Je savais ce que je devais faire, mais mes pieds restaient collés au bitume devant ce sinistre bâtiment.

J'avais peur de son regard sur moi, peur d'y lire toute la culpabilité que je ressentais en permanence. Ce poids énorme qui m'écrasait. Quand je suis rentré, des religieuses m'ont accueilli. Elles étaient surprises de voir un homme seul. Mais, à cette époque, il y avait tant d'orphelins et si peu de parents pour adopter. Grâce à mon argent, et à mes relations j'ai pu adopter l'enfant. Je lui ai donné le nom du papa de Manon qui s'appelait Antoine. Je devais lui redonner son histoire, son passé, ses origines.

Des cris fusèrent dans la pièce. Albert venait de se lever, se tenant aux accoudoirs du fauteuil. Il tremblait de tout son corps. Il se laissa retomber lourdement sur l'assise, et Martin se précipita pour lui donner un verre d'eau qui était posé sur le bureau.

- Tenez, buvez un peu, cela vous aidera.

Albert d'une main tremblante vida le verre. Il avait le regard hagard.

- Antoine, Antoine, mon père, répéta-t-il d'une voix atone.

Gaby se contenta de hocher la tête.

- Vous voulez qu'on arrête-là. Vous pourrez toujours continuer la lecture plus tard. Je comprends que cela soit un choc.

- Non, non ! Je vous en prie, je veux connaître la suite. Mon grand-père disait qu'il avait eu une aventure lors d'un voyage, et que cette femme lui aurait confié l'enfant, né de leur passion. Il ne s'est jamais marié, et personne n'a cherché plus loin. C'était l'après-guerre, une période un peu folle. Les familles étaient, pour la plupart, dispersées, voire complètement disparues, et l'apparition de cet enfant n'a jamais fait l'objet de questions.

Gaby reprit son récit. Elle s'humecta les lèvres. Sa gorge était si sèche.

Antoine, oui je l'avoue, tu es l'enfant de Manon. Son dernier espoir de bonheur. Tu comprends maintenant, pourquoi je n'arrivais pas à te raconter cette histoire en te regardant droit dans les yeux.

Je t'ai aimé mon fils, comme si tu étais le mien. J'ai tellement aimé ta maman. D'ailleurs, souvent je te le disais, tu t'en souviens ? Ta maman était la plus belle des femmes. La plus douce, la plus aimante. Parfois, tu me demandais pourquoi elle n'était pas là, et je ne savais pas quoi te répondre. Prétendre qu'elle était morte, aurait été plus simple. Mais, alors tu m'aurais demandé de quoi, et je l'avoue j'en ai honte… Mais je n'aurais pas pu répondre à cette question.

La culpabilité me rongeait tellement. Alors, j'ai enjolivé la chose. Je t'ai raconté que ta maman était une grande danseuse. Que sa carrière l'obligeait à voyager à travers le monde, et que, par amour, elle avait préféré me confier ta garde, et que malgré tous mes efforts, je n'avais jamais réussi à la retrouver. Tu vois, un mensonge de plus. Mais, ne doute jamais de l'amour que je te portais. J'aurais donné ma vie pour toi.

Quand je t'ai pris, pour la première fois dans mes bras, tu ne peux pas imaginer ce que j'ai ressenti. J'ai pleuré. Oh oui ! J'ai pleuré toutes les larmes de mon corps. Tu as posé sur moi tes grands yeux si confiants, et là… c'est un amour incommensurable qui s'est répandu dans chaque interstice de mon corps. Je voulais devenir le meilleur des papas. Même si j'avais l'impression d'usurper ce rôle. Mais, je ne pouvais pas te laisser dans ce taudis, cet orphelinat.

J'ai passé le restant de ma vie à faire le bien autour de moi. Je t'ai élevé dans cet esprit-là. Je voulais me racheter à travers toi, et tu es un homme formidable Antoine. Je t'aime et je t'admire de tout mon cœur. Je t'ai dédié ma vie. Tes grands-parents maternels n'ont jamais voulu te rencontrer, et j'ai respecté leur décision.

Je ne sais pas ce que tu ressens à mon égard après avoir lu cette longue lettre. J'aurais dû avoir le courage de te le dire en face. Mais, ça c'était au-dessus de mes forces. Cependant, je ne pouvais pas quitter ce monde sans te révéler la vérité. Tu as le droit de connaître ton histoire, et si dans ton cœur il te reste une petite once de bonté pour moi mon fils alors… pardonne-moi. Même, si moi je ne me suis jamais pardonné.

Souvent je me suis demandé si je n'aurais pas mieux fait d'aller voir la police, de tout leur raconter. Mais, est-ce que des années de prison auraient apaisé mon âme ? J'en doute ! Je porte ce fardeau si lourdement ancré en moi. J'ai passé ma vie à faire le bien autour de moi. Pas un jour, sans que je me démène pour aider, apaiser mes concitoyens. Tu le sais, car souvent tu me disais « papa ne porte pas la misère du monde sur tes épaules ». J'avais tant à me faire pardonner. Mais, c'est en enfer que je vais aller expier mes crimes.

Ton papa qui t'aime tant. Laisse-moi une dernière fois utiliser ce terme. Même, si tu me détestes. Pardon Antoine, mille fois pardon.

Gaby dut s'essuyer les joues. Les lettres se brouillaient, les mots devenaient illisibles. Comment ne pas pleurer devant ce récit si dramatique. Tant de vies gâchées, pour un moment de folie.

Elle se laissa lourdement tombée sur un fauteuil, qui faisait face au bureau d'Albert. Elle se sentait épuisée moralement par ce récit. Le tic-tac de l'horloge brisait le silence lourd de sens, qui régnait dans cette pièce.

Albert recula son fauteuil. Puis, se pencha en avant en mettant ses coudes sur ses cuisses. Il prit son visage entre ses mains et pleura longuement comme un enfant perdu. Gaby s'approcha doucement, s'agenouilla devant-lui en mettant ses mains autour de ses poignets.

- Chuuuut ! Ça va aller Albert.

Il releva péniblement la tête, le regard empreint d'une tristesse infinie.

- Je… Je n'aurais jamais imaginé. Mais… Qu'est-ce que je vais faire maintenant ?

Gaby haussa les épaules, et le regarda avec attention.

- C'est un choc, et j'en sais quelque chose. Mais, Albert au moins il n'y a plus de secrets, de rumeurs, de suppositions. Vous savez ! Vous connaissez enfin l'histoire de votre famille. Comme-moi, avoua-t-elle tristement.

- Mais comment vivre avec ce secret dévoilé ?

Elle eut un petit rire douloureux.

- Au début, j'étais sidérée. Je ne voulais pas y croire. C'était si énorme, si stupéfiant. Puis, la colère est arrivée, comme une vague déferlante, ravageant tout sur son passage. Heureusement j'avais à mes côtés Marc et Martin pour m'apaiser. J'ai fait une chose idiote. Je suis allée au cimetière, pour leur crier ma colère, ma frustration, ma peine.

Martin releva brusquement la tête, la fixant avec émotion. Elle l'apaisa d'un regard plein de douceur, elle voulait lui faire comprendre qu'elle avait enfin accepté cette réalité difficile, qu'elle avait souffert, mais qu'aujourd'hui, une paix intérieure l'enveloppait.

- En fait, j'avais besoin d'évacuer, tous ces sentiments qui bouillonnaient en moi et puis, j'ai vu Noémie. Elle s'arrêta brusquement en souriant.

- Ah ! Noémie répéta Albert, en esquissant un petit sourire.

- C'est l'âme de ce village, la sagesse, continua Gaby. Elle m'a expliqué comment surmonter cette épreuve, et je vais vous donner le même conseil.

- Lequel ? S'empressa de demander Albert.

- Vous êtes à la croisée des chemins. Nous avons tous notre propre parcours à suivre. Vous avez le choix. Soit de laisser cette histoire dans l'oubli et faire comme si cela ne changeait rien.

En voyant Albert se redresser sur sa chaise, elle mit son index devant lui pour lui intimer le silence.

- Soit, vous choisissez de clore définitivement cette affaire. Vous n'avez aucune faute à vous pardonner. Expliquez autour de vous, à votre famille, vos enfants, vos amis, ce qu'il en est réellement. Le village a vécu deux drames terribles. Mais, c'est le passé, et je crois que vous ne devez pas en vouloir à votre grand-père.

- Pourquoi ? L'interrogea-t-il en fronçant les sourcils.

Martin qui était resté silencieux tout ce temps, s'approcha à son tour.

- Grâce à cette enquête et à cette lettre, la vérité est enfin dévoilée. Comme le disait Gaby, vous connaissez l'histoire de votre famille. Je pense qu'Albert n'était pas un mauvais bougre. Il a eu un moment de folie, et il a passé sa vie à expier ses crimes. Il a mené une vie de repentance.

- Quels souvenirs avez-vous de lui ?

Albert se frotta le crâne, comme pour en chasser une migraine. Il soupira longuement.

- C'était le plus gentil des hommes. Il était très présent dans ma vie. Il eut un triste sourire. Je me rends compte à quel point, ce geste fou a gâché sa vie. Il ne s'en est jamais remis. Il aurait dû avoir le courage d'en parler à mon père de son vivant.

- Comment aurait-il réagi d'après vous ? Après tout, il n'avait pas pris d'arme. Il voulait juste en découdre avec ce soldat. Tout s'est enchaîné de façon dramatique.

- Oui c'est vrai. Je suppose que comme moi, il aurait été sidéré. Il aurait pleuré et probablement qu'il aurait été en colère. Mais, il aimait sincèrement son père, alors il lui aurait certainement pardonné.

- Un instant de colère peut causer une vie de larmes, murmura Gaby avec émotion.

- Oui et un moment d'égarement, une éternité de tourments. Ces deux dictons résument bien la tragédie de cette situation, la coupa Martin, en soupirant de désespoir.

- Quel gâchis ! Mon grand-père aurait pu mourir l'âme en paix et mon père méritait de connaître la vérité.

Martin mit sa main sur l'épaule du maire pour le réconforter.

- On ne peut pas refaire le passé, j'en sais quelque chose. On peut hurler, mettre genou à terre pour pleurer. Mais, il faut savoir se relever pour continuer, pour avancer. Vous avez eu le courage de briser ce pacte secret. Vous voilà libéré de leur poids.

- Albert, si nous vous comprenons si bien, c'est que chacun d'entre nous à sa façon portait en lui le poids d'un secret. On sait ce qu'on ressent, comment le surmonter pour s'en libérer définitivement, murmura Gaby avec bienveillance.

- Si vous voulez, pour éviter de répéter à l'infini cette histoire. Nous la raconterons à Noémie, qui se fera un plaisir d'en informer la communauté.

Albert pouffa de rire.

- Noémie, radio village, plus rapide que la fibre. Laissez-moi juste le temps d'en informer ma famille. Ils vont avoir un sacré choc.

Albert se leva et tendit les bras. Ils s'enlacèrent tous les trois, émus par la conclusion de cette enquête du passé.

ÉPILOGUE

Trois mois plus tard, par une froide journée d'automne, un petit groupe de personnes se tenait à proximité des petits pommiers dénudés, près de la tombe de l'enfant mort-né de Manon. Il y avait Albert et sa famille, Stéphanie et Marc, Isabelle et Lucas.

Près d'eux, un homme âgé appuyé sur sa canne, fixait avec émotion ce lieu de recueillement. C'était le frère de Ryan. Il avait tenu à faire le voyage depuis les USA, afin de rencontrer son petit neveu.

On entendait des murmures discrets. Le vent glacial faisait danser les dernières feuilles autour d'eux. Une autre personne immobile assistait à la scène. Il s'agissait de Valentine. Son regard était empreint d'une tristesse infinie.

Gaby qui tenait la main de Martin, s'approcha et mit son bras autour de ses épaules.

- Elle aurait aimé être parmi-nous aujourd'hui, murmura Valentine.

- Oh ! Mais elle y est, la coupa Gaby avec conviction.

- Je me souviens de ses dernières pensées, précisa avec émotion Martin. Elle était persuadée que le Bon Dieu l'avait laissée sur terre pour terminer une mission. Elle devait avoir raison.

Les yeux de Valentine s'embuèrent de larmes. Noémie s'était éteinte paisiblement, un mois auparavant. On l'avait retrouvée, assise à sa table, un doux sourire flottant sur ses lèvres, une main posée tendrement sur son chat qui dormait en ronronnant sur ses genoux, comme si le monde autour d'elle n'existait déjà plus. Oui, elle avait pu partir en paix. Elle connaissait enfin la vérité, et elle avait permis de libérer tant de personnes des secrets qui entravaient leur existence, leur offrant enfin la possibilité de respirer.

Pour tous les habitants du village elle resterait un ange bienveillant. Tout le monde avait une anecdote, un souvenir attendrissant avec elle. Noémie avait aidé tant de gens au cours de sa longue vie.

- Elle me manque tant, affirma Valentine avec un sanglot dans la voix.

- Elle nous manque à tous, rectifia Gaby en pressant un peu plus Valentine contre elle pour la réconforter.

Sherlock et Picasso venaient de rejoindre l'assemblée. Albert, fit un discours très émouvant, résumant cette tragédie, qui avait changé le cours de tant de vies, la bêtise d'un instant.

Gaby regarda autour d'elle, et soupira tristement.

- C'est incroyable d'avoir réussi à dénouer tous ces mystères. Même s'il en reste un.

Martin fronça les sourcils.

- Lequel ?

- Pourquoi avoir planté un pommier, pour marquer cet endroit précis ? Pourquoi pas un olivier, qui symbolise notre région ?

Albert qui s'était approché d'eux, prit la parole.

- Moi je sais pourquoi, dit-il fièrement. Son grand-oncle qui se tenait à ses côtés, esquissa un doux sourire.

Tout le groupe s'était formé autour d'eux, attendant avec impatience sa réponse.

- La famille de Ryan est originaire du MICHIGAN. Ce sont de gros producteurs de pommes, la Red Delicious plus précisément. Quand il est parti à la guerre, sa mère était désespérée, elle lui a remis un sac de graines.

- Un sac de graines ? Répéta Valentine, mais pourquoi ?

- Elle pensait que la guerre était une folie. Que l'humain ne savait que détruire. Pour lutter contre cette idée, elle avait demandé à Ryan de planter une graine à chaque fois que son régiment s'installait quelque part. Comme un serment silencieux, un espoir enraciné dans la terre.

Sur le fronton de leur société, ils avaient fait graver un dicton : « Une pomme partagée, la paix semée. » Elle rêvait qu'une fois la paix revenue, elle pourrait… enfin, du moins elle espérait, pouvoir parcourir tous ces lieux avec lui, redécouvrir ensemble ces arbres témoins de leur promesse.

Son grand-oncle, qui parlait un peu français, hocha la tête avec tristesse.

- Manon devait le savoir… Elle connaissait la nostalgie de Ryan pour son pays, pour ses vergers. Ces graines, elles représentaient bien plus qu'un simple fruit. Il avait dû lui en donner quelques-unes, et elle, en retour, a choisi d'enraciner son souvenir ici. Voilà pourquoi elle a planté ce pommier, à cet endroit précis.

Ils furent tous émus, en imaginant Manon mettre cette graine en terre.

Oui la maman de Ryan avait raison, pensa Martin. La guerre était une folie. Cette graine pour sa maman devait symboliser la vie, le futur, le moment de la reconstruction de l'apaisement. C'était si symbolique. Elle aurait sûrement adoré connaître le geste de Manon.

Martin reporta son attention sur le petit groupe. Ils s'étaient tous retrouvés chez Albert juste avant, pour déjeuner ensemble.

John avait apporté des photos de son frère Ryan. Enfin, ils avaient pu mettre un visage sur son nom. Ce n'étaient pas des retrouvailles tristes, bien au contraire. Tout le monde se sentait enfin apaisé. Cette enquête d'un autre temps était terminée !

À la fin de cette émouvante cérémonie, le groupe s'empressa de repartir au grand étonnement de Gaby.

- Mais pourquoi sont-ils donc tous si pressés ?

- Le froid peut-être, murmura Martin en la regardant tendrement.

Gaby fit mine de les rejoindre, mais Martin l'en empêcha, en mettant sa main sur son bras.

- Attends ! J'aimerais rendre un dernier hommage. Cela ne sera pas long, dit-il la voix tremblante, en se penchant pour poser sa main à plat sur la terre, dans un ultime recueillement muet

- Oh ! Mais regarde Valentine vient de siffler Sherlock et elle porte Picasso dans les bras.

- T'inquiète ! On les retrouvera à la maison.

Gaby ne put s'empêcher de froncer les sourcils.

- Tu savais que John avait décidé de rester jusqu'au nouvel an ici ?

Gaby ouvrit grand les yeux de surprise.

- Euh ! Non je n'en savais rien. Mais, dans le fond cela va permettre à Albert de renouer avec sa famille d'outre-Atlantique, c'est génial.

Une brise glacée soufflait, et Gaby se pelotonna contre Martin, qui avait mis son bras autour de ses épaules.

- Vite rentrons au chaud. Tu sais que cela fait trois mois aujourd'hui, murmura doucement Gaby.

- Depuis la fin de l'enquête ? Demanda Martin en plissant les yeux, tandis qu'un sourire malicieux étirait ses lèvres.

- Oui aussi. Mais, je voulais parler du fait que nous vivons ensemble depuis trois mois.

- Oh ! À peine ? J'ai l'impression que cela fait une éternité.

- Eeeeh ! Pouffa de rire Gaby en lui mettant un petit coup de coude dans les côtes.

Ils s'arrêtèrent un instant devant leur maison, leurs regards empreints de gravité se croisèrent avec tendresse.

Une plaque avait été apposée sur la façade, on pouvait y lire ces mots chargés de mémoire « La maison de Manon »

- Elle rend bien cette plaque, murmura Gaby.

- Ce n'est que justice. C'est grâce à elle, si nous nous sommes retrouvés. Si tous ces secrets sont enfin dévoilés. Papa Noémie et Manon doivent nous regarder avec bienveillance, heureux de tous ces dénouements. En plus cette maison est sublime maintenant.

- Oui Lucas a fait du bon boulot, c'est incroyable ! Même dans mes rêves les plus fous, je n'aurais jamais espéré avoir une maison aussi belle.

- Justement, j'ai quelque chose à te dire, précisa Martin en la fixant avec attention.

- Quoi donc ?

- Lucas m'a proposé de travailler avec lui à temps partiel. Sa mère en a assez de la paperasse, et il est satisfait de mon travail. J'ai demandé pour être certain, mais c'est possible de cumuler avec ma pension d'invalidité, car je vais travailler de la maison et à mon rythme. Cela n'aggravera donc pas mon état. Oh ! Nous ne serons pas riches, mais…

Gaby se hissa sur la pointe de ses pieds. Elle mit ses deux mains sur ses joues et l'embrassa tendrement.

- Nous sommes riches Martin. Nous avons tout ce dont nous avons besoin, et je ne parle pas d'argent. Regarde ! Dit-elle en ouvrant grand les bras.

- Grâce à ton papa nous avons cette magnifique maison. Nous avons une famille et des amis formidables, et surtout nous nous aimons. Oui ! Nous avons tout ce dont nous avons besoin pour être heureux.

Ému, Martin sentit des larmes embuer ses yeux. Gaby exprimait si bien ce qu'il ressentait. Oui, ils n'auraient pas pu être plus heureux.

- En plus, reprit Gaby d'un air mutin qui l'interpella. Je vends mes tableaux ne l'oublie pas.

- Oh misère ! Dit-il en riant, j'avais oublié. Mais, qui peut les acheter ?

Elle éclata de rire en se lovant dans ses bras.

Un bruit de rire la fit se tourner vers la maison, et Gaby ne put retenir son émotion, en voyant tous ses amis et sa famille se tenir juste devant elle. Sherlock tenait un bouquet de roses dans la gueule, tandis que Picasso dans les bras de Valentine, essayait d'attraper son nouveau collier. Un ruban rouge au bout duquel pendait une bague.

Elle pivota vers Martin la bouche grande ouverte. Il la regardait avec une émotion intense.

- Je ne peux pas mettre un genou à terre. Mais, je te promets une vie d'amour, avec tous nos amis et notre famille comme témoins. Je t'aime tant Gaby. Me feras-tu l'honneur d'accepter d'être ma femme. Dépêche-toi, avant que Picasso ne se sauve dans les champs avec la bague.

Un grand éclat de rire retentit, et les yeux noyés dans les larmes, Gaby se jeta dans les bras de Martin, son amour de toujours.

- Bien sûr que je le veux. J'en rêvais déjà quand nous étions enfants.

- Tant mieux, s'écria joyeusement Valentine, car le mariage aura lieu au bistrot à Noël.

- Si vite ? Murmura Gaby en essuyant ses larmes.

Martin mit ses mains autour de son visage.

- Nous avons attendu si longtemps pour nous retrouver. Nous allons écrire un nouveau chapitre de notre vie. Et puis, Valentine avait besoin de mettre un peu de joie dans sa vie, on lui doit bien ça. Les préparatifs vont l'aider à surmonter son chagrin.

Émue, Gaby approuva, les yeux toujours embués de larmes.

Sous les hourras de leurs amis et famille, ils s'embrassèrent avec passion.

Une vie de bonheur les attendait, car ils avaient tout ! Comme le dit le dicton, le bonheur est fait de petites choses : un sourire, un regard, un instant partagé. On oublie d'y prêter attention, tant cela nous semble banal, mais ce sont des trésors précieux.

FIN

Si vous avez aimé ce roman, je vous invite à découvrir, mes autres romans :

- IL N'EST JAMAIS TROP TARD
- GRIMALKIN
    - Tome 1 - À la recherche du dernier testament de NOSTRADAMUS
    - Tome 2 - Le trésor des Templiers
    - Tome 3 - Les légendes oubliées
- SAM
- LE SECRET DU PERE NOËL
- CHIMÙ
- L'EAU VIVE
- LA NOUVELLE VIE DE WENDY (Un petit conte, le début de mon histoire)